寄给——你
GIVE YOU THE LOVE OF THE WHOLE WORLD
全宇宙的爱

银教授 / 我的前任是个极品 / 房昊 等 著

中国致公出版社　知音动漫

知音动漫图书·时代坊
ZHI YIN COMIC BOOK 以梦想之名 点燃阅读

love

寄给你全宇宙的爱
和自太古至永劫的思念

目录
CONTENT

PART.1
因为爱情

雇凶杀人 ☒银教授 001

记忆之森 ☒山城 008

对树说话的人 ☒杨寓程 019

你好，旧时光里的那个女孩 ☒苏见祈 033

点火 ☒石尹 045

爱情的钢印 ☒苏见祈 055

奇怪的我和你 ☒胡点点 061

爱情预测中心 ☒茶糖 072

时光邮局 ☒采月之滨 078

死神的最后一封信 ☒土镜S 091

给最后的温柔世界 ☒随决 098

PART.2 童话世界

骑士与公主 ☒终月冥 107

龙的情书 ☒像广越 114

王子的水晶鞋 ☒胡点点 122

此信来自夜月 ☒采月之滨 129

这年头相亲不如抢媳妇 ☒莫方尧 137

PART.3 江湖恩仇录

致吾生挚爱 ☒梅艺璇 147

没见过几千岁的妖怪怀春吗 ☒胡点点 155

情书 ☒房昊 168

北海 ☒皮中卫 175

我的男人是全民偶像 ☒曦鸣 180

白龙书 ☒山城 190

废柴三人组 ☒茶糖 204

后记

给未来自己的一封情书 ☒我的前任是个极品 214

雇凶杀人

文 银教授

尊敬的编辑部：

听闻贵编辑部征稿，主题是关于爱情的。

首先介绍一下我自己，我是一名杀手。最近遇到了一个奇怪的顾客。完成任务后，我竟然有点想转行。我不知道这是不是爱情。

为了保护我自己的身份，下面故事中使用化名。故事的名字很俗套，就叫《雇凶杀人》。毕竟我是一个很冷酷的杀手。

《雇凶杀人》

小李飞刀,弹无虚发。

这让李建军成了江湖上最厉害的杀手。

只有一种情况下,他杀不死人,那就是他不想杀人时。

他杀人的价格却不贵,因为他开展让利大酬宾活动,真正把实惠带给老百姓,让普通老百姓也杀得起人。

有一天,一个女孩找他。

女孩:"帮我杀一个人。"

李建军:"人儿不是你想杀,想杀就能杀。"

女孩:"我要是想杀就能杀,还找你干什么?"

李建军:"不失为有些许道理,堪称逻辑鬼才,江湖上讲道理的人不多了,讲逻辑的人更没几个。你想杀谁?"

女孩:"杀我。"

李建军:"为什么让我杀你?"

女孩:"本想自杀,怕疼。"

李建军:"为什么让我杀你?"

女孩:"你为什么重复一遍问题?"

李建军:"你刚说 pardon。"

女孩:"我说怕疼。"

李建军:"尿货。怕疼的人,不配死。"

女孩:"我本以为活着很难,没想到死也不容易。"

李建军:"你想不到的事情还有很多。"

女孩:"比如?"

李建军:"比如我搬起石头砸自己的脚,脚却没事,因为石头只有一粒沙那么大。没想到吧?"

女孩:"确实没想到,没想到你这么无聊。"

李建军:"你给我睡一下,或许我大发慈悲杀了你。"

女孩："没想到你是这种色狼,但我不给你睡。"
李建军："为什么。"
女孩："怕疼。"
女孩走了。决定好好活下去。
因为像李建军这样的疯子都能好好活着,自己为什么不能?
李建军就是这样,虽然他杀过很多人,但是他救的人更多。
有时候要救人必须杀人。
有一次他杀了个恶霸,救了全村的人。
隔壁村的听说了这个消息,也找他杀恶霸。
他连杀三个月,杀了一路,却发现恶霸是杀不完的。杀掉了张三,就会有李四替代。

世界就是这样,处于一个微妙的平衡关系,好像一定要有坏人存在,否则好人就不团结,一旦不团结,好人就会变成坏人。
况且,何为好人,何为坏人?
他自己也是个杀人狂魔,岂不也是个坏人?
江湖行走多年,李建军最大的收获就是不要给自己设定三观,否则会不断地被打破。
三观这种东西,表面上是约束自己,其实是用来攻击别人的。
懂得约束自己的人,不会动不动就亮出三观。
李建军从此杀人不看三观,看缘分。
两个月后,那个女孩又来找李建军。
李建军:"你来做什么?"
女孩:"送花给你,感谢你上次没杀我。"
李建军:"该不会是送我九十九朵玫瑰花吧?"
女孩把背着的手伸出来,手中捏着一束花。
李建军:"这是什么花?"
女孩:"这是臭菊花。"

李建军："难怪闻起来有一股恶臭。"

女孩："花不一定要香。我要让你永远记住我，我跟其他女人不一样，我是唯一送你臭花的女人。只有臭花才配得上你这个臭男人。"

李建军："你这个臭女人是不是喜欢上我了？但凡女人爱上男人，都会骂他臭男人。"

女孩："有点喜欢。"

李建军："第一次有人喜欢我。"

女孩："你愿意帮喜欢你的女孩再做一件事吗？"

李建军："我就说怎么会有人喜欢我。果然是有求于我。"

女孩："帮我杀一个人。这个人姓刘，全名是刘海梗。"

李建军："这个人有点难杀。"

女孩："你怎么不问我为什么要杀他。"

李建军："杀一个人，有时候不需要理由，就像爱一个人也不需要理由。"

女孩："为什么难杀？"

李建军："小李飞刀虽然百发百中，但刘海梗却有金刚不坏之身，如果刀子插不进去，百发百中又有什么意义。"

女孩："没想到你也有杀不死的人。"

李建军："我只是说难杀，没说杀不死。"

女孩："有什么办法插进去？"

李建军："用力。"

女孩："这么简单？"

李建军："最简单的事，往往很难。开心也很简单，但很多人不开心，因为大多数人连简单的事也做不好。"

女孩："那你什么时候去杀他？"

李建军："你为什么要杀他？"

女孩："你刚说过不问理由。"

李建军："我说的是'有时候不需要理由'，那就意味着有时候需要。

这都不懂，莫非你语文是网友教的？"

女孩："上个月初五，这人侵犯了我。"

李建军："哦？跟我说说细节。"

女孩："变态。"

李建军："刘海梗侵犯了你，你却说我是变态。你真是不讲理。"

女孩："我不想回忆。"

李建军："是不想回忆，还是根本就不存在这件事？根据我的经验，漂亮女孩的话大多不可信。"

女孩："大多不可信，说明有时候可信。"

李建军："你可真会咬文嚼字。"

女孩："跟你学的。"

李建军："上个月初五，刘海梗在跟我喝酒，没有离开我半步，怎么可能侵犯你。"

女孩："可能我记错日期了。"

李建军："这么重要的事都能记错日期，你未免太不把自己当回事了。"

女孩："其实你也在撒谎。"

李建军："哦？"

女孩："上个月初五，你根本就没有和刘海梗一起喝酒。"

李建军："为何如此笃定？"

女孩："因为我就是刘海梗。江湖上没有人见过刘海梗，都以为他是男的，其实是女的。"

李建军："我不信。"

女孩："不信你拿刀捅我。"

李建军拿刀随便捅了捅，发现她真的刀枪不入。

李建军："所以你这次来让我杀刘海梗，其实还是让我杀你。"

女孩："是的。我刀枪不入的功夫练得太好，以至于无法自杀。"

李建军："我从未见过如此执著于要死的人。"

女孩:"我试过死,失败了。然后试着活,也失败了。横竖都是失败,不如死了好,没有感觉就不会痛苦。"

李建军:"难道我这样风流倜傥英俊幽默的小李探花也无法把你留在人间?"

女孩:"无法。"

李建军:"你刚才还叫我臭男人,你说你有点喜欢我。"

女孩:"骗你的。"

李建军:"你说得我都有点想死了。"

女孩:"哈哈。"

李建军:"你笑了。"

女孩:"笑了又如何。"

李建军:"笑了的人不代表不想死,但至少代表想死的迫切性没那么高。"

女孩:"随你怎么说。"

李建军:"我还想知道一个问题,你为什么想死。"

女孩:"因为练了刀枪不入,身上没有一处地方可以被击破,没法滚床单。"

李建军:"就因为这?"

女孩:"对。"

李建军:"不早说,我可以。"

女孩:"你有什么特别的技巧?"

李建军:"刀枪本一家,我刀厉害,枪也不弱。"

然后他们滚了一下床单。

女孩很开心。

李建军抱着她说:"现在不想死了吧?"

女孩虚弱地说:"不想了。"

李建军:"你看你说话都没力气了,我未免也太厉害。"

女孩:"不想死,却不得不死。"

女孩说话的气息越来越弱。

李建军："怎么讲？"

女孩："我这个刀枪不入的武功，只要被破处，就会死。"

李建军呆了："没想到还是被你骗到了。没想到我李建军也有不想杀人却杀人了的这一天。"

女孩："但有一点没有骗你，刚才我说开心是真的。"

说完女孩就死了。

人生就是这样，有人难得开心一次，却只有这一次；有人从不被欺骗，却被骗一次。

世界总是处于一个微妙的平衡关系，从不对谁心慈手软。

一个杀手

记忆之森

文 山城

亲爱的钱芊芊：

今天是我醒来之后的第十五天，也是我出车祸之后你第一次没有陪在我的身边，虽然我知道我们晚上就会再见面啦，但还是想跟你说话，这会儿你应该正在上班吧。所以我就不给你发消息了，我把想说的用信一股脑儿告诉你。

听他们说我之前似乎是个混蛋，但是老实说自从我醒过来之后我什么都不记得了，除了你之外。正如我告诉你的一样，我可以记住我们第一次见面时候的样子，可以记住我们第一次约会时候的样子，甚至可以记住我们第一次去游乐园那天坐过山车时你穿什么衣服。似乎在我的大脑里,只要是有你的记忆片段,都得到了保护,连带着我对你的那份爱意也被保留了下来,让我在几乎失去了有关这个世界的一切记忆之后,依然能够感受到我是真实存在的,我有喜欢的人。

说出来你可能不信,昨天晚上我做了个梦,在那个梦里我似乎记起了一些事情,有你,有我,也有一个类似精灵的人。

梦里,每个人的记忆都是一颗星球,上面满是参天大树,记忆就藏在树干里。梦里的我,有着另外一重身份,你想知道是谁吗?我来讲给你听。

叶亚行色匆匆地走在森林中,身上的绿色袍子让他看上去仿佛一只蚂蚱。

路过其中一棵树时,叶亚伸出手在树干上轻轻触碰,淡蓝色的波纹在树上显现了出来,等到叶亚的手离开,这棵树看上去已经变矮了许多。

这棵树存储着罗轩的某段记忆,如今,其中的某些东西已经被消除掉了。

在这颗微小星球上,这样的树还有很多,无数棵树组成了一片森林,这就是星球的主人罗轩的全部记忆。

每个人脑海中都有一片这样的森林,里面每一棵大树都带着主人的记忆。叶亚他们称它为遗忘之森。

而叶亚他们,则是负责消除森林中已经枯萎的记忆,从而给寄存重要记忆的树提供足够的养分以及生存空间。

他们就是守林人。

◆ 二 ◆

　　罗轩醒来的时候是上午十一点钟。

　　他迷迷糊糊地来到厨房，钱芊芊早上给他做的早饭摆在桌子上。只穿着内裤的他一屁股坐到椅子上，一边看着手机一边吃饭。

　　门锁响起轻微的咔嚓声，钱芊芊走进屋子，看到罗轩的样子皱了皱眉。

　　"刚起？"她把外套脱下来，挂在衣架上。

　　"昨晚看球来着。"罗轩头也不抬地说道，眼睛紧紧盯着手机，眉头逐渐紧皱起来。

　　"怎么了？"钱芊芊疑惑道。

　　"这是什么世道！"罗轩将手机不轻不重地拍在餐桌上，"一个女学生被学院领导性侵，全网都在讨论，结果学校连个屁都没放。"

　　钱芊芊没说话，开始准备午饭。

　　"你倒是发表下意见啊。"罗轩不屑地看了眼正在厨房忙活的钱芊芊，嘟囔道。

　　老婆的无视让他感到愈发烦闷。结婚五年，当初的新鲜感早就被生活的鸡毛蒜皮磨得一干二净。罗轩越来越不愿意和老婆交流，索性寄情于手机里的大大小小的新闻事件，似乎通过评论它们能让自己重新获得快感。

　　钱芊芊在厨房待了半个小时，端着两个盛着热气腾腾饭菜的盘子来到餐桌前。罗轩脸上已经没有了刚才的烦闷，对着手机露出傻笑。

　　"又怎么了？"

　　"嘿，你看这个笨蛋。"罗轩指着手机上的视频哈哈大笑。

◆ 三 ◆

　　叶亚把那些枯萎掉的树木逐一清理掉，纵然清除记忆不消耗什么力气,但来回走动还是让他满脑门都是汗水。

每段记忆的深刻程度不同,树木的形状也不同。那些能给人强烈刺激的记忆,往往会瞬间拔地而起,但是这种树木一般枯萎得也较快,守林人称他们为病木,意思是生了病的树木。

"怎么样?"长老从远处走来,看着叶亚说道。

"比起以前,病木太多了。"叶亚看着远处不断枯萎倒下的巨木,擦了擦额头的汗水。

"病木往往代表的是特别强烈的情感,但来得快去得也快。病木的大量出现意味着一种现象。"长老看着远方忧心忡忡地说道。

"什么现象?"叶亚下意识问道。

"情感的廉价。"长老叹了口气,"这个时代里,人类的感动、愤怒、悲伤等情感,已经不再那么罕见,大量信息的拥入,导致前一秒还是愤怒至极,下一秒便是开怀大笑,再过一秒钟所有的东西就都被我们清除掉,什么也剩不下。"

叶亚沉默地看着自己刚刚消除掉的那棵树,守林人有权查看每棵树中的记忆,他想着那棵树中蕴含着的愤怒,以及对被性侵女孩的处境感到的绝望,不禁觉得有些悲伤。

因为这些东西很快就会被忘记,取而代之的可能是一句惹人捧腹的段子。

这就是大脑的机制,会自动消除大部分的负面情绪,守林人只能照做。

"但是这是我们的工作,大部分的病木都将被消除掉,除非它能够在遗忘之森中站稳脚跟存活下来。"长老似乎察觉到了叶亚内心的波动,说道。

"只要是倒下的病木,必须被消除。"长老留下最后一句话,转身走进了森林里,还有许多守林人需要他的指导。

叶亚点了点头,看着长老的背影,眼神有些闪烁,仿佛一个犯了错的孩子。

四

明亮的光线打在罗轩脸上，钱芊芊闭着眼皱了下眉头，转过身去背对着他睡觉。

罗轩看着微博页面下方的红点，心满意足地点开看着一天的成果。

点赞数 436，评论数 96，很不错的成绩。

不知从什么时候起，他有了评论微博的强迫症。跟着那些文章愤怒喜悦，会让他有那么一瞬间觉得自己在充实地活着。

人，最重要的是这些情感。他告诉自己。

这种感觉仿佛上瘾一样让他乐此不疲，每次发表评论总会有那么几个人附和他，那些点赞评论的红色拇指象征着他的智慧。

可是点赞和评论数量停止增长之后的感觉又那样的空虚，仿佛他已经是一个干涸的躯壳。

他想不起来自己到底评论了什么，为什么而笑，又为什么而哭？是因为自己内心的情感，还是新闻的陈述，抑或仅仅是因为别人也这么做了。

想到这些他烦闷地关上了手机，却死活睡不着觉。失业后的这一个月里，他睡得太多了。

旁边传来轻微的鼾声，罗轩嫌恶地看了自己的老婆一眼，眼神中却又很快被矛盾取代。

他如今已经不喜欢她了，但是不知为什么，脑海中有关于钱芊芊的一切又都历历在目，记得清清楚楚，清晰得仿佛刚刚吃过的晚餐。

他闭上眼睛，让自己不去想这些。

要是能失忆就好了。他最后想着，进入了梦境。

五

守林人们随着夜晚来临，一个个回到了自己的住处。人的睡眠时间，是守林人唯一能够休息的时间。

叶亚扫了眼周围，发现没有人注意自己，然后拐进一条偏僻的小路，最终来到了一栋木屋前。

木屋呈现着诡异的黑色，叶亚推开小屋的门，走了进去。

这是他的家。

他用手指触碰了下床头的一个毛绒熊样子的小木雕，然后闭上了眼睛，钱芊芊的身影在他脑海中出现。

没有守林人知道，叶亚收集了很多病木，并用它们搭成了这间屋子，这些病木都有着一个特点，它们都蕴含着罗轩对钱芊芊的记忆。

换句话说，这间屋子是罗轩脑海中关于钱芊芊记忆的集合。

在守林人的信条中，倒下的病木都是必须摧毁的，可是叶亚不愿意让那些珍贵的记忆就这样消失不见，于是把它们偷偷保留了下来，变成了自己的收藏。

原因很简单，他喜欢钱芊芊。

一个只能存在于脑海中的精灵喜欢上了现实中的人类，听听就觉得不可思议。叶亚也很有自知之明，没有妄想过和她在一起，唯一能做的也只有把有关钱芊芊的记忆收集起来，每当夜深人静时调出来观看，仿佛自己真的和她在一起。

其实整个房间里这么多记忆，有很多是两个人吵架的画面。叶亚从来不去看那些，只是将那些美好的记忆调出来反复观看。

然而最近这几年，美好的记忆越来越少，吵架的画面越来越多。

于是他只能不断地翻看那为数不多的美好记忆，那只小熊木雕就是其中之一。

"那个同学……我能坐在你旁边自习吗？"

"……好啊。"

"谢啦！同学，我叫罗轩，你叫什么？"

"我叫钱芊芊。"

"……"

叶亚已经能将这段对白倒背如流，却依然乐此不疲地一遍又一遍地重复品味。

这是罗轩和钱芊芊第一次见面，大四准备考研的罗轩在自习室遇到了上自习的钱芊芊，然后便找了个理由坐在她旁边，之后罗轩追了钱芊芊好一段时间，才将她追到手。

叶亚也知道罗轩是个什么样的人，但是他从来没有为了保护钱芊芊去教训罗轩为她出气的想法，那并不在他的能力范畴，他不过只是遗忘之森里一个普通的守林人。

"你明天还会来吗？"

"会。"

"还是这张桌子？"

"还是。"

"那明天见。"

"明天见。"

伴随着最后一句话结束，叶亚眼前一片漆黑，他吹灭了屋中的灯，闭上了眼睛。

◈ 六 ◈

罗轩迷迷糊糊地被杂乱的声音惹得睁开眼睛。

"你又抽什么疯？"罗轩看到房间里散落一地的衣物和蹲在衣柜前的钱芊芊，不满地说道。

"我想我们需要分开一段时间。"钱芊芊冷静道。

罗轩确定自己没有听错后，怒极反笑道："你的意思是要分手？"

"不，只是要分开一段时间。"钱芊芊直起身子，对罗轩说道，"我总觉得我们的关系出现了问题，我想我们都需要分开好好思考一下到底这个问题是什么。"

"不，不用思考。"罗轩站起身子，"原因就是我太颓废了，不能够支撑起你对美好生活的向往,现在的罗轩就是个废物。"

钱芊芊看着罗轩的眼睛,眼中闪过怜悯:"罗轩,我知道你因为被公司辞退这件事很受打击,但是这不是你这样沉沦度日的理由。"

"打击?没有打击。"罗轩气笑了,"很合理,像我这样在公司从不抛头露面沉默寡言的人,就活该被开除。"

他笨拙地套上几件衣服,从钱芊芊身边侧身闪过,离开了家门。

钱芊芊看着满地的衣服,缓缓跪坐在地上,哭了起来。

太阳有些刺眼,罗轩站在十字路口,用手掌遮挡在额头上。

来到阳光下的这一刻,他这才发现自己已经两个月没有出家门了。

钱芊芊这样照顾了自己两个月吗?他想着,突然有些心疼。

他缓缓蹲在地上,不顾周围人诧异的目光,仿佛一个失去了所有动力的机器,眼中满是迷茫。

他努力在脑海中一遍又一遍地回想着他和钱芊芊的一点一滴,每一个细节都历历在目,然而当中最重要的东西却被自己忘得一干二净,无论他把记忆回放多少遍都再也找不回来了。

那是他对钱芊芊的爱意。

罗轩抱着脑袋,脸上满是痛苦的扭曲,虬结的肌肉随着时间推移逐渐舒展,眼中的神情也变得坚定。

或许真的,分开是最好的。他这样想着。

他缓缓站起身,想原路返回,然而又突然站在原地。

一种迷惑的神情爬上他的脸庞。

"我要去干什么?"

叶亚喘着粗气,眼神中满是癫狂。

几秒钟后他逐渐冷静下来,看着自己手中的斧头,不敢相信自己做了什么。

他把罗轩的记忆砍掉了。

硬生生，违反规定地砍掉了。

这样做会彻底消除罗轩今天一天的记忆，巨大的记忆空缺白将让罗轩陷入空白状态。

叶亚瞪大了眼睛，靠着被砍掉树干的树桩，缓缓滑坐下来。汗水浸湿了他的后背，巨大的惊恐向他袭来，被他砍倒的树干化成点点光斑，散乱地在他四周飘荡，逐渐消失。远处传来急促的脚步声，显然有人注意到了这边的异常。

当他意识到罗轩要回去和钱芊芊提出离婚，意味着他将再也见不到钱芊芊之后，他疯了似的挥起了自己的斧头，一下又一下地砍向那棵刚刚生成的树。

他喜欢钱芊芊。

他不允许她消失在自己的视野里。

"我这么做是对的……两个人都很冲动……我这么做是为了挽回他们的婚姻……"叶亚紧张地喃喃自语，脸色苍白而病态。

"没事了……没事了……"他嘟囔着，不知道是在安慰自己还是安慰钱芊芊。

守林人纷纷来到叶亚身边，将他包围起来。

绿色袍子的中央，叶亚失魂落魄地低着头，又哭又笑。

◈ 八 ◈

罗轩看着周围的人流，脑袋一阵剧痛，他捂着头在街头踉跄还冲向机动车道。他想不起来为什么会在这里，只是觉得自己好像失去了什么东西。

罗轩愈发感受到自己的堕落，自己仿佛在一个泥潭中央绝望地伸着手，脚下的淤泥流动着让他越陷越深。

什么都记不得，不记得为何看到那些新闻会愤怒，不记得为何看到那些照片会感动，不记得为何看到那些视频会大笑。他再也找不到自己存在的意义，如果真的强行找一个，却发现其意义在于跟随他人。

一旁传来一声汽车的鸣笛，这声音仿佛一条绳子，可以让他紧紧抓住。潜意识告诉他，只要抓住这条绳子，自己就能从这个泥潭中永远解脱出去。

他挣扎着迎了上去，迎着血红的灯光。

九

脚下的地面开始震动。

长老发现远方的土地开始坍塌，无数的树木瞬间倾覆，从远方像海浪一样朝这里袭来。

守林人们尖叫着逃离，他们是不死的精灵，只要能逃出去，就可以再找一个大脑，在那里的遗忘之森生活下去。

叶亚惶恐地瞪着哭红了的眼睛，忽然想起了什么，跌跌撞撞地向他的小屋跑去。

不知跑了多久，他终于来到了小屋门口。他冲进去，拿起那个毛绒熊样子的木雕，死死抱在怀里。然后穿上最坚固的铠甲，走出了小屋。

森林坍塌后扭曲的空间将会把他撕得粉碎，然而比起逃生他现在做的事情更加重要。

要是我看不见你，那么至少有人替我去爱你。这是示爱，更是赎罪。

他看了眼正向他袭来的倒塌的林海，背过身去，挡在了木屋前面。

"钱芊芊，我爱你。"他轻声说道。

然后他尖叫着，用脊背迎接星球的毁灭。

这个梦做到这里的时候，我醒了过来。迎面是你趴在我身边睡觉的样子，那是今早六点，晨光爬上病房的窗子，然后照亮了你的脸，我很想吻你，但是又怕扰了你的梦。

你在做什么梦呢？是不是和我一样梦到了那些绿色的小人，在那个碧绿色的星球上奔跑，拂过那些我们共同的记忆。

梦里我是那个叫叶亚的精灵，旁观这一切发生，要是这都是真的话，我想这些依旧残存着的记忆是他留给我的礼物，或者是留给你的。我曾经犯过一些错，但是上天给了我弥补的机会，让我依旧铭记着我们的一点一滴。

时间还很长。

钱芊芊，你永远都不会知道当我醒来面对这陌生世界的恐慌，和看到你时的欣喜，就像一个溺水的孩子抓住了救生圈，那一刻我的世界都是明亮的。

我偷偷写好这封信寄给你，我估计你读完这封信就要下班了，我定了你最喜欢吃的那家餐馆的菜，等你回来我们一起吃。

我记得你。

我喜欢你。

罗轩

对树说话的人

文 杨寓程

小木：

你好。

从我提笔的这一刻算起，我们已有七年未见了。世人常说时间会让人淡忘一切，可这似乎并不适用于我，与你分别的时间越长，我对你越是想念。

昨夜里我又梦到了你，梦到你为我出头，揪着耳朵骂我灰，眼里却尽是担忧。那一刻我好想告诉你我不灰了，我长大了，和小时候不一样，不会再被人欺负了。可我不敢，因为我怕我说出来，梦就醒了。

前阵子我和几位老同学见了面，都是数年未见的挚友。我们在一起聊了很多，有哭有笑，我甚至还喝醉了。蒙蒙眬眬之间，我就在想，你要是还在就好了，这样的话，我们总有一天能够相见。

我也曾想过你会不会再次出现在某棵树上，所以我在院子里种了许多树，逢休息日，最多的娱乐活动便是逛树林和植树。只是，这些年来我见了成千上万棵树，却唯独没见过你。

我听人们说，对于那些已经远去的人，说话是没用的，要写信。如果不知道信该寄往何方，那就写成故事。这样的话，总有一天，他们会在遥远的地方看到你的故事。

我几乎没有犹豫，当天晚上就把我们的事写了下来。只可惜我文采不好，更不懂故事的起承转合。我只知道，我把我对你的全部思念，把我们之间的点点滴滴全都写了进来。

小木，我不知道你会不会收到这封信，或是看到这篇故事。不过没事，如果收不到看不到的话，我就每天读一遍给你听，因为我相信，你一直都在我的身边，不曾走远。

呐，我现在就读一遍给你听，你可不要走神哦。

"小木，我爸昨天又打了我。"杨宁倚着树坐下，声音里满是疲惫与委屈。

繁春刚至，生机盎然，杨宁家门前的大树也抽出了嫩绿新芽，甚为好看。

除此之外，那树上还有样东西极为夺目：粗壮的树枝上，一个姑娘正跷腿坐着，细长的小腿在空中来回摆动，分外可爱。

"为什么啊，"小木皱了皱眉，"虽然他是你爸，可他也不该打你啊！"

"他说我有病，说我不配做他的儿子，"杨宁埋下了头，"所以……"

"喂喂,别告诉我你又要哭了!"小木随手掰断半截枝丫,向杨宁掷去,"那他打你,你又干了些啥?"

"我……被打了肯定就是犯错了,所以……"杨宁哽咽了起来,"我就……"

"有没有搞错?!"小木怒了,"他无故打你是他不对,你还想着去讨好他?!你真是……唉!"

"可我也没办法啊。"杨宁挠了挠头,"对了,小木,他们都说我有病,还带我去医院检查,你说我是不是真的有病啊……"

"哼!"小木没好气道,"就算没病,你这样迟早也会生出病来!"

"但是——"杨宁还想说些什么,可小木已是消失不见,粗壮的树干上,又只剩新抽的嫩芽,在阳光下闪闪发光。

远处,杨宁的母亲绝望地闭上了双眼,而她身后的男人,则握紧了拳头,破口大骂起来。

这已经不是杨宁第一次"犯病"了。

大概是从两年前开始,杨宁忽然患上了一种怪病。

其实说起来也不太像病,杨宁依旧身体健康,行事正常——但是每天下午,他都会对着门前那棵大树自言自语,且一说便是几个小时。

杨宁的父母试了无数种办法,打过骂过求过,各类医院也跑了个遍,可仍是治不好杨宁的毛病。

直到现在,杨宁的父母已是破罐子破摔,他要发疯就随他去疯,大不了回来再打一顿便好。

这不,杨宁才刚回家,父亲便又发起火来。

"小兔崽子!"父亲一巴掌扇在杨宁脸上,"昨天才骂了你,今天又去和那破树说话,疯了么你!"

杨宁的父亲性情暴烈,且向来对杨宁管教严厉,刚才的一巴掌,已使杨宁肿起了大半张脸。

"小木不是破树。"杨宁捂着脸，喃喃道。

"你刚说啥？想顶嘴是不？"

"没、没有。"杨宁连忙摆手，跌跌撞撞地跑进厨房，"爸妈，你们想吃啥，我给你们做……"

"哼。"望着杨宁忙碌的背影，父亲却只是冷笑道，"无可救药。"

◆ 三 ◆

"你怎么才考第四名？！"父亲将卷子摔在杨宁脸上，"对得起我们生你养你么！"

"可是爸，我上一次才十多名，这次进步已经很大了。"杨宁看着地面，不敢抬头，"老师也表扬了我……"

"十多名你还觉得自豪么！"父亲的音量逐渐升高，"说出去真是丢我脸！"

"这怎么能叫丢脸呢。"杨宁有些着急，"爸，我真的努力——"

"狡辩什么！"一旁的母亲打断了杨宁，"犯错还有理，老实听着不就好了？"

"可是妈，我真的，我真的……"杨宁哽咽了起来。

我真的，我真的很努力，我真的很想让你们为我自豪啊！

"哭什么哭！"话音刚落，父亲的手上却突然多了一把明晃晃的菜刀，呼啸着向他砍来。

"不要！"杨宁挣扎着醒来，衣服已被冷汗浸湿。

"还好是梦。"杨宁喘了口气，却发现天已经大亮，便索性起了床，换起衣服来。

"大师，您终于来啦……"门外传来说话的声音，吓了杨宁一跳。

"咚咚咚！"只听一阵急促的脚步声，杨宁刚把干净衣物换上，门就被人推开了：是一个穿黄袍的道士，四十来岁，样貌虽算不上丑陋，可脸上的笑意却有几分瘆人。

"你就是那生了怪病不去上学的小孩?"道士笑吟吟道,"长得还蛮俊俏嘛。"

"我没病,而且我不是小孩。"没来由的,杨宁有些反感面前这人。

"杨宁,怎么说话的!这可是来救你的大师!"父母的训斥声又响起,杨宁本欲反驳,却终是没有开口。

"没事,没事。"道士依旧笑着,伸手摸起杨宁脸来,"小孩子嘛,唔……印堂发黑,五官……"

"啪!"杨宁挡开道士的手:"别碰我!"

"杨宁!"

"没事,没事,都说了是小孩子嘛。"道士摆了摆手,"而且我也已经看出来了,你们家这孩子呀——"

"怕是恶鬼缠身。"

◈ 四 ◈

杨宁被父母按倒在地,四肢都被所谓的大师用枝条束了起来。

"大师,绑好了。"父亲拍了拍手,道。

"好。"大师点了点头,又在房屋各处洒了些液体,"等下你们可万万不能打断我。"

之后,屋子里便陷入一种诡异的寂静之中,只剩道士贴符诵经以及杨宁因害怕而发出的哆嗦声响。

许久之后,道士总算念完了咒,便将一器皿摆在杨宁面前,放了些符纸进去,一并烧了起来。

"滚!"道士手上青筋暴涨,挥舞着枝条狠狠向杨宁抽去。

"啪!"血痕涌现,可杨宁只是忍着,并不吭声。

"你不属于这个世界,快滚回去!"

又是一道。

"天道有轮回，你这恶鬼，还不快滚！"

"啪！"第三道血痕涌现，可这一次杨宁却没再沉默，而是用那双发红的眼睛死死盯着道士，一字一顿道："小木她，不是恶鬼。"

"啧，真难缠。"道士又一次举起枝条，"恶鬼，给我滚！"

"小木她——"

"给我滚！"

"她——"

"啪！"

"她不是——"

"啪！"

"她不是，不是——"

"啪！"

"你这恶鬼！不要冥顽不灵！"眼见着器皿中的火已然烧完，道士面露急色，手上的力道也逐渐没了分寸。

"啪！"突然，束住杨宁的枝条断了。

"我说了，小木她，不是恶鬼！"杨宁咆哮着向道士扑去，将其按倒在地，"她！不！是！"

"杨宁！"眼见着局势混乱，一旁的父亲便也顾不得道士叮嘱，连忙冲上了前去，"放开大师！"

"爸，他——"见着父亲上来，杨宁明显有些迟疑，趁着这当口，道士从地上爬了起来，三人扭打作一团。

房间里愈发混乱，三人像是发了疯般喧闹起来，而杨宁的母亲却始终未动分毫，似是石化了去。

小木……小木……恍惚间，她终于是想起了什么。

"扑通！"

母亲跪倒在地，掩面痛哭："孩子，是妈对不起你们啊……"

五

三年前，还在上初中的杨宁认识了位姑娘，叫小木。

杨宁从小性情随和，可由于父母性格的原因，性格越来越软软，久而久之，班上的人都以取笑他为乐，除了小木。

杨宁和小木熟识起来，还是因为运动会。

那天，杨宁被班上同学威胁，一个人帮着抬十几个人的板凳，四层楼来来回回，很快便已筋疲力尽。

终于，在把最后一批凳子抬下楼时，杨宁脚下一软，摔了下去。

"咚咚咚！"板凳顺着楼梯滚下，杨宁趴在地上，耳边全是嘲笑与哄闹声。

就在杨宁窘迫至极时，一只手却是突然搭上了他的肩膀：

"起来吧。"

杨宁被吓了一跳，连忙站起了身来，却见小木正歪头看着他，目光友好，不像是来欺负他的。

"谢、谢谢。"杨宁支吾着道了声谢，便又准备去抬那些散落在楼梯间的板凳。

可是，杨宁才刚转过身，便被小木一把抓住："你干什么呀？"

"送、送凳子。"

"你摔傻了吧？"小木打了杨宁一拳，"他们那样欺负你，你还帮他们做事？"

"可、可是——"

"可是什么可是，胆小鬼。"小木终是看不下去，抓着杨宁衣领便向操场走去，"来，跟姐姐走！"

运动会的缘故，本就不大的操场上挤满了人，小木带着杨宁寻了许久，才总算在树荫下找到了欺负杨宁的那伙人。

"哟，杨宁啊。"一个男生开口，似是领头的，"我们的板凳搬下来没有啊？"

"搬、搬了一大半了,还——"

"搬什么啊搬,"小木打断了杨宁的话,"你们的板凳全被我甩楼道上了,想要的话自己去抬。"

"啥?"为首的男生走到小木跟前,学着电视里的模样狠狠道,"你丫的是不是找死?"

"我是找死,怎么着?"

"你!"男生气得浑身发抖,"信不信我打你!"

"我信啊。"小木笑了笑,随即又道,"那你信不信,年级主任是我姑妈呀?"

"啥?"男生明显是厌了,却装出副没听清的样子,"你说啥?"

"我说,年级主任是我姑妈!你们最好赶快滚去抬自己的板凳,不然……"小木故意没把话说完。

"好,算你狠!"男生支支吾吾说了堆蹩脚狠话后,便和其他人一起狼狈逃开了,树荫下,只剩下杨宁和小木两人。

"怎么样,我厉害吧?"小木转过身来,俏皮地吹了吹刘海。

"厉、厉害。"杨宁顿了顿,才又小心翼翼道,"那年级主任……真是你姑妈啊?"

"他们傻你也傻啊?"小木翻了翻白眼,"那我说校长是我爷爷,你信不?"

"唔……"杨宁挠了挠脑袋,"信。"

得,原来还真是傻子一个,怪不得被人欺负。

六

上次帮杨宁出头,小木得罪了班上的坏孩子,久而久之也没有人敢跟她玩了。

于是,两个都没朋友的人,自然也逐渐亲密了起来。

杨宁家教严,只能从小木身上找到开心与归宿感。渐渐地,竟然除了上厕所外,时时都会跟着小木;而小木呢,也是分外喜欢杨宁这人,两人之间一来二去的,竟生出了些情愫来。两人却单纯地享受着这份友谊带来的快乐。

只可惜,这份友谊也带来了麻烦。

眼尖的班主任察觉出了两人的异常,当即便请来了双方家长,说是两人早恋,违反校规,伤风败俗。

本来班主任是两人都骂,或许是杨宁成绩更好的缘故,渐渐地,矛头竟全指向了小木身上。

"你们这孩子,不好好读书,净学些不好的,人家杨宁成绩那么好,要是被她影响了,你们说谁负责?"

"而且我也问了,本来杨宁在班上人缘挺好,都怪你们这女儿啊……把别人带坏了。"

班主任絮叨了足有一个钟头后,杨宁的父母竟也骂起小木来,此般还不够,到了末尾甚至还把杨宁拉了进来。

"杨宁你说,"母亲把杨宁拉到小木跟前,"是不是她影响你,带你学坏的?"

杨宁没有说话,只是低头看着地面,半晌后才哆嗦着点了点头:

"是。"

气氛瞬间压抑了起来,只剩双方父母仍打着嘴炮。

"你刚才……说什么?"小木声音很小,只有杨宁一人能听到。

"我、我……"

"看着我说。"

"我、我……"杨宁依旧不敢抬起头来。

"行,我知道了。"小木语带哭腔,"我影响你对吧?得,把我给你写的信还给我。"

"不,不是,小木,我……"

"你什么你?你不还,我自己去拿!"话音未落,小木便一脚踹开办公室大门,冲了出去。

"小木！"杨宁连忙跟上，"等等我！"

只可惜，小木并没有等他，也永远没法等他了。

就在小木快要跑到杨宁家，就在杨宁快要追上小木之时，一辆汽车疾驰而过，撞上了小木。

"砰！"鲜血四溅，小木瘦弱的身躯被撞至半空，狠狠砸在了树干上，再没有醒来。

❖ 七 ❖

乌云被夜风吹散，露出身后皎洁的月亮，杨宁蹑着手脚行至树下，敲了敲树干，压低声音道："小木，小木，你在吗？"

"在。"一片叶子飘落下来，幻化为了人形。

"你在便好，你在便好。"杨宁上前抱了抱小木，"有件事我必须告诉你，你好好听着。"

"你身上的伤怎么回事？"小木仿佛没有听到杨宁的话，"又被打了还是又被关起来了？"

"你先别管我了！"杨宁有些着急，"你知不知道他们明天——"

"明天他们就要把树给砍了，"小木声音出奇得平静，好似这一切都与她无关，"我知道。"

"你知道？"杨宁愣在了原地。

"嗯。"

"那你为什么还不走啊！"杨宁抓住小木肩膀，"抓紧时间换个地方，或者——"

"别傻了。"小木打断道，"你我都清楚，我哪也去不了的。"

"可是……"杨宁似是还想说些什么，却被哭声哽住了，"可是，可是……"

"别哭了，"小木摸了摸杨宁的脸，"其实就此消失，对我来说未尝不是一件好事，只是……"

"只是什么?"

"只是我担心你。"小木看着杨宁的眼睛,一字一顿道。

"担心我?"杨宁擦了擦眼泪,困惑道。

"对,担心你一直长不大,担心你没了我就会崩溃,担心你还未做好准备——"小木顿了顿,随即向前一步,吻在了杨宁额头上:

"做好彻底离开我的准备。"

八

太阳终究还是升起来了。

以道士为首的五个壮汉提着电锯,气势汹汹而来。

杨宁被父母抱在怀中,看着五人测算距离角度,备好各类工具,没有吭声,也没有反抗。

半小时过去,五人终于发动电锯,轰鸣声骤然响起。

"嗞——"电锯切入树干,木屑与汁液四溅开来。

"不行。"杨宁忽然开口。

"什么不行?"父亲觉出异常,手上力道暗暗加大,"这是为你好,不行也得行。"

"是啊杨宁,这树倒了,你的病也就好了。"母亲也道,"我们也是为你好啊。"

"嗡——"轰鸣声更甚,电锯已没入树干之中。

"倒了,也好不了。"

"你这孩子,说啥呢?"父亲有些不悦。

大树已开始倾斜,眼见着便要断开。

"这样下去,小木会死的。"突然间,杨宁挣脱了父母的束缚,猛地向前冲去,"爸妈,这次,我没法再听你们的了!"

"杨宁,你干什么!"身后传来父亲的怒吼。

"救小木。"杨宁没有回头,而是一拳打在使电锯的壮汉脸上,抢下了电锯。

"这树,你们永远也别想砍!"杨宁啪地一下关了电锯,狠狠地砸在了地上。

"又是这疯孩子。"道士往地上啐了一口,"反正已经锯了大半了,你们去把树推了,我来对付他。"

"你们敢!"杨宁像只发疯的狮子,向那四人直扑而去。

"扑通!"道士一脚踢在杨宁肚子上,后者应声倒地。

"你这疯孩子,今天不教训下——"

"砰!"道士话未说完,脸上便结结实实地挨了一拳。

"我的孩子,也是你能打的?"杨宁的爸爸说道。

"爸?"杨宁不敢相信自己的眼睛。

"咔嚓!"一声巨响传来,引去了所有人的目光。

大树倒下,向着杨宁狠狠砸去。

已经来不及了。

"杨宁!!!"

"抱歉了,爸,妈,我一直都爱你们。"杨宁看着呼啸而来的大树,绝望地闭上了双眼。

"你这临终告白,是不是少了一个人呀?"熟悉的声音响起,是小木!

"小木!"杨宁睁开眼,果然看到小木站在自己面前,俏皮可爱,一如平常。

"我还以为你会眼睁睁看着我倒下呢。"小木笑了笑,周身却泛起耀眼白光,极为刺眼,"还好,你没有让我失望。"

"小木,你这是……"饶是愚钝如杨宁,也看出了异常。

"我这是要消失啦。"小木吹了吹刘海,"怎样,帅不?"

"帅,很帅。"杨宁说着,眼泪却流了下来。

"没想到我钟小木有生之年,还能把人帅哭。"小木依旧笑着,身子却愈发透明,"好了,杨宁,我这都要彻底消失了,那句话你还打算掖多久?"

"什、什么话?"

"你个猪脑子!"小木瘪了瘪嘴,"行,那就我先说,你可得听好了——"

"杨宁大蠢猪大智障大傻逼臭流氓滚犊子卖——"

"行了,别骂了。"杨宁破涕为笑,"我说,我说。"

"小木,我喜欢你。"

"一直都喜欢。"

轰隆!大树终是颓然倒下,却以不可思议的角度,避开了昏睡中的杨宁。

◆ 九 ◆

"你醒啦?"

杨宁醒来后,发现自己正躺在医院里,身旁,是满脸憔悴的父母。

"妈。"杨宁晃了晃脑袋,看着窗外茂盛树林,"我睡了多久?"

"一天一夜。"母亲关切道,"怎么了?"

"没什么。"杨宁愣了会儿,又道,"那个道士,还有树——"

"那群人被抓起来了,不过应该没法判刑,至于树的话……"

"没了,对吧?"

父亲点了点头,缓缓说道:"杨宁,昨晚你妈和我一宿没睡,我俩反思了许久,一些事情确实是我们不对。"

"得,那既然如此,咱就回家种树吧。"杨宁一边说着,一边翻身下床。

"回去种树?你疯了么,医生说了,你至少得在——"

"爸,妈,你知道我为什么会变成这样吗?"杨宁脱下病号服,换上了自己的衣服,"就是因为你们从来就只听别人说,听邻居的,听老师的,听医生的,听道士的——"

"却从来不听我说的。"

"话是这么说……"母亲依旧有些担忧,"不过你这才刚刚醒来,身子骨虚弱……"

"可我毕竟醒来了不是么?"杨宁笑了笑,声音里却充满悲戚。

"但小木她,是永远也不会醒了啊。"

小木,写完这封信的时候,我突然想,或许你调皮,今生都不会再让我看到你。不过你一定要答应我,在我临死前,你一定要出现,让我最后再见你一眼。

这样,我就能摸摸你的头发,问你过得怎样,然后安心睡去。

我怕你不出现,让我辗转反侧,难以入眠。

小木,昨夜我又梦见了你。

小木,写这封信的时候,我好像看到了你,你是在躲着我吗?

小木,我知道曾经的我不够勇敢,你还在生我的气吗?

小木,我好像睡不着了。

小木,我想你。

杨宁
楼下的大树,似乎开花了

你好，旧时光里的那个女孩

[文] 苏见祈

林千亦：

  今天是我们班的同学聚会，毕业十周年的聚会。我也不知道为什么，已经那么多年不联系的人，非要聚在一起演一天同学情深。
  但我还是决定去了。我想，说不定今天能见到你呢。
  我知道我在骗自己，你已经消失了十年了。这十年我找遍了一切可能见到你的地方，都没有你的踪影。
  去之前，我幻想着今天的你会是什么模样——留了长发吗？应该再不会戴黑色的眼镜了吧？

有个电影叫《一代宗师》，章子怡说"所有的相遇都是久别重逢"。每次我听到那句台词，就会想起高中开学的那天。

那天，陌生的走廊上，迎面走来的女孩就戴着一副黑色的眼镜，除了齐耳短发已经垂落到双肩之外，几乎就是当年那个小女孩的等比例放大版。

那是小学毕业后，三年未见的你。

从你微微上扬的双眉来看，这样突然的重逢方式你也毫无准备。幸好我们各自找到了化解尴尬的方法，我低头聚精会神地看着自己的脚尖，而你似乎被操场上几个打球的男生吸引了注意力。

沉默地擦肩而过，我松了口气，不知是庆幸还是失落。

半小时后，一个五十多岁的中年女人站在讲台上，絮叨着严禁早恋的校规。

"你们长大了就知道，这个年龄的感情不过是小孩过家家而已。"班主任说。

我想如果真是这样，那刚才在走廊上我们就该因为老友重逢相视一笑，而不是各自慌张地安放目光。我偷偷向左边看去，你秀眉微蹙，看得出也是颇不耐烦。

我想起小学时候有一门课，叫作思想品德，每次老师喋喋不休教育我们天天向上的时候，你就总是这副样子。那门课总是安排在傍晚，夕阳的光斜斜穿过窗外的枝叶，零零散散地落在你的身上。于是我常常趴在课桌上侧过头，看着你身上的光影发呆。

有时候老师会提醒我认真听课，还好她总以为我在看窗外树枝上的鸟儿。十岁的小孩子还能看什么呢，对吧。

某一天课桌上照例有细碎的夕阳，你忽然学着我的样子，侧过头和我四目相对。

你说我问你个事儿，一脸郑重其事，我有点慌。

"你有喜欢一起玩的人吗？"

我吓了一跳，心跳怦怦地，震得脑子嗡嗡响。

"你呢？"

"我有呀。你呢？"

我想总不能比女生还怂，也硬着头皮说："我……也有。"

"我们玩个游戏呗。"你的双眼亮晶晶的，"我数到三，我们一起指一下喜欢的人的方向吧？"

"一、二、三。"

我们同时指向了对方，两根小小的手指像是数学课上刚学的两条平行线。

我太笨了。

那年我还戴着红领巾，我不知道这意味着什么。

其实"小孩子不要谈些情情爱爱的事儿"这种话，好像还是有点儿道理。因为等你长大，再回想起来，会因为儿时做过的蠢事想要掐死自己。

体育课后课桌上总有一小瓶水，我心安理得地喝了。

你偷偷塞给我的零食，我兴高采烈地吃了。

可毕业的时候，你问我要不要一起去私立初中。我却随口说了"不要，那边好远哦"。

一向和气的你忽然就生气了，跑上讲台说："老师我要换座位——"然后提起书包啪地一下砸在新座位的课桌上，吓得新同桌抖了一抖。而我坐在位置上一脸费解，不知道不想早起算是犯了什么错。

毕业前你再也没有和我说过话，连我偷偷夹在你课本里的同学录，也没有写好还给我。我连你的地址都没有，我再也找不到你了。

幸好老天还是待我不薄，三年后你又坐到离我几步远的地方。

可我还是没有勇气，和你说一句好久不见。

我比十岁的自己还要怂。

如果是今天，哪怕没有打招呼的胆量，我也能忐忑地给你发个短信。可是那个年代,手机还没有普及呢。

那些年,对于考上不同学校的人们来说,书信是唯一能够联系的纽带。如今歌里唱的从前车马邮件都很慢,其实也没过去多久,我们高中那会儿也是这样。

每个周一,身为班长的你都会从班级信箱里取一沓五颜六色的信封回来,——发放给望眼欲穿的同学们,倒是颇像丘比特或者月老之类的角色。在你又一次拿着信经过我身边的时候,我忽然灵光一闪。

我撕下一张作业纸,在左上角写上了"林千亦"三个字,和一个冒号。

第二天,我把那封信悄悄投进了班级的信箱里。

其实那封信还是很尿,只说一些"老同学好久不见最近可好啊"之类的塑料寒暄。末了写了句"希望我们还能做好朋友",我简直就躲在友情的掩体后面瑟瑟发抖。

尽管这样,我还是提心吊胆,不知道那封信的命运会是如何。

好不容易熬到了每周一次分发信件的日子。

你抱着一叠信走了进来,路过我座位边上的过道,把一个淡紫色的信封轻轻地丢在了我的桌上。随后目不斜视地走向其他信的主人,甚至没有看我一眼。

信封上没有落款,可是那写着我姓名的笔迹,我一眼就认了出来。

周围的同学投来八卦的眼神,我的同桌挤眉弄眼地说:"看不出来啊,你也有校外的笔友呀。"我红着脸摆摆手,在课桌里悄悄撕开了信封。

里面的信纸没有抬头,没有署名。内容也只有寥寥几行,仿佛只是一张便签。

"好朋友?如果我没记错的话,我们还没说过绝交吧。"

我猛地抬起头看向你的方向。你已经回到了座位上,若无其事地低头看书,嘴角漾起一抹微笑,像一场一闪即逝的好梦。

你在信里说,让我第二天去接你上学。

那天清晨我六点就醒了，随后花了一个小时消磨惶恐忐忑的情绪。可当你走出小区对我点头微笑的时候，我剧烈的心跳反而慢慢平静了。

我太熟悉你笑的样子了。这不是令人忐忑的初遇。

我们像是两个久别重逢的老友一般，聊些班级的八卦风闻。阳光下的影子依然肩并着肩，似乎过往三年没有相伴的岁月，只是一场一闪即逝的幻梦而已。

只是快要接近学校的时候，我们不约而同地对视了一眼，决定分开行动。你应该也记得，那阵班主任正严查，班里有一对交流甚密的同学被骂了一整节课，我们可不想触霉头。

"今天你是骗过了你爸，可他还是会每天接送你的。教室里也不方便，以后我怎么找你说话啊……"分别时我有些沮丧。

"写信呀，不是你想出来的主意吗？"你俏皮地眨了眨眼。

哦对了，那天上午后来还有个事儿。我走进教室的时候，我同桌一脸奇怪地看着我，说我今天上午撞见啥了，笑得这么诡异。

我一愣，摸摸自己的脸，问："我在笑？我自己怎么不知道？"

同桌无奈地摇摇头，从后面女生桌上抓了一面圆圆的小镜子举在我眼前，镜子里立刻出现了一个笑容诡异的校服男。

你看，能回到你身边，我是有多开心啊。

在班主任的眼皮子底下，我们就像分隔天南地北一样，开始了"鸿雁传书"。

我会在信里抱怨"数学作业真是烦死了，难道我以后买菜还要解方程吗"；你来信会提及"今天体育课看见一个打球的学长好帅啊（呸）"……诸如此类的闲言碎语。攒到写满两三页信纸的时候，就合在一起塞进信封，悄悄放在班级的信箱里。

班级里等信的同学们渐渐发现，班长去检查信箱的频率比以前高了很多，纷纷喜笑颜开夸赞你尽职尽责。你就浅浅地笑笑，侧过头悄悄朝我瞧一眼，目光在一瞬间交错。

同桌瞪着我，问我怎么又傻笑起来了。

等到高二的时候，班级里同学们收到的信越来越少了，只有我和你依然每周都能收到"远道而来"的思念。你依然目不斜视地走过我身边，随意地把信放在我的课桌上。我身边的同学总会投来羡慕嫉妒的目光，交口称赞给我写信的人是真友谊，这么久了还一直念念不忘。

晚上我在信里说："下午你听到了吗？我同桌夸你有毅力呢。"

几天后我收到你的回信："谢谢夸奖。我们彼此彼此嘛。"

在只有靠信件交流的时代，维持现状是我们心照不宣的默契。每个夜晚翻来覆去地读信，教室里打照面时的相视一笑，会让人觉得这样的日子已然无比美好。

是的，哪怕大多数时候我们每天都说不上一句话。

"等我们长大了，一定会有以后的。"我写道。

"当然。"你也毫不怀疑。

今天我已经站在那个"以后"。

可我身边没有你。

我们也不是没有过争吵。10岁，你问我要不要去同一个学校，我和你吵架；17岁，你让我好好读书，我还是和你吵架。

你看过那部名叫《那些年，我们一起追的女孩》的电影吗？电影里说："成长中最残酷的，就是女孩永远比同龄的男孩成熟。"

在高中重逢的那天我很欢喜，因为我看着地上两个高大的影子，心想我总算在长大以后又遇见了你。

多年以后我才明白，其实我一直没有长大。

高三了，你的来信里越来越多地提到对我成绩的担忧，而我却一直很是厌烦。

好好读书找份工作的无聊人生对我来说并没有什么吸引力，我对于大人世界的唯一希冀，是能和你牵着手走在阳光里。我们已经躲藏了很多年，只要高三这最后一年过去，我们就可以一起走遍天涯海角，而不用在同一个教室里扮演陌生人。

我说我们要做的只是等待而已，可你非要我好好读书。无声的争吵越来越多，终于从信纸蔓延到了现实。

那节课后我照例翻出抽屉里的小说，忽然一个黑影挡住了窗口的光。一只素手伸来，把桌上的书一把抓了去。

我吓了一跳抬起头——是你。

我皱了皱眉："把书还我。"

你摇了摇头，沉着脸把书背到身后。

周围好些同学围了过来，你显得有些局促。你顿了顿，说你要为班上同学的成绩负责，书会替我还给图书馆。

"我这种差生的前途，不用三好学生来操心。"

话刚出口我就后悔了。我告诉自己这是在同学面前演戏，可我知道，这是在为自己的脆弱挽回一点尊严。

你一怔，随后毫无预兆地冷笑了一下。

围观的同学们玩味地看着我，几个女生一脸兴奋地交头接耳起来。一个女生起身，匆匆跑向了老师办公室的方向。

那个女生叫戚梦，你可能不记得了，最爱巴结老师、经常偷偷打小报告的那个。

我当时就有一种不好的预感。果然下节课，班主任走了进来，手里拿着一个牛皮纸信封。

哪怕隔得很远，我还是一眼就认出了那个信封。你的信封总是五颜六色的，上面还有淡淡的香气。而我只用这种路边报刊亭买来的牛皮纸信封，还因此被你嘲笑，说是直男审美。今天是周三，昨天我写的信还躺在信箱里——而班主任保管着信箱的备用钥匙。

班主任冷冷地说："戚梦刚才跟我汇报，过去两年班长一直收到这样的信。"随后她走下讲台，把那封信猛地拍在你的课桌上，问你这是谁写的。

没等你答话，戚梦又兴奋地举起了手。

"老师，您仔细看看这封信，上面没有邮票和邮戳。"戚梦站起转身，伸手指向了我，"林千亦并不是班级里唯一一个每周都能收到信的人，还有苏见祈。而且，他们两个收到信的时间一直是错开的。经过刚才的事情，我怀疑写信是不是他们俩私下联系的障眼法。"

教室的安静被嗡嗡嗡的低语声打破，所有人都想到了刚才的那一幕。你背对着我，迎着所有人的目光，站得笔直。

"写信的是我其他学校的朋友，他嫌邮寄麻烦，就托学校里的朋友把信带来，所以没有邮戳。和班上的同学没有任何关系。"你的声音依然沉稳，没有一丝慌乱的情绪。

班主任看了我一眼，轻蔑地说："哪种学生我无所谓。"然后转向了你，冷冷地说，"让你家长来一趟。"

那天傍晚，你的父亲匆匆赶到了学校，你也被叫了出去，整个晚自习都没有回来。天色渐渐暗了下来，同学们一个接一个地走了，黑暗和冷清笼罩了整个教室。

只有我留在座位上，手心里全是冷汗。

从小就听说你的父亲很是严厉，班主任那个中年女人显然也不是好相处的。想到你落得这场责骂，我却躲在你的掩护里，心仿佛被一根丝线一点点收紧一般难受。

"哎。"

忽然听到你在身后叫我。

我回过头，看到你红肿的双眼。我忐忑地问："你还好么？"

你的嗓音沙哑，却倔强地说："没事。"

"现在不是说那些的时候。我爸被老师留下了，不过几分钟应该就会出来。我有话跟你说。"

我见你神色少有的郑重，心中一凛，点了点头。

你说你一直没机会和我说，你准备考上海的艺术学校了，接下来的文化课不会来上了。

我心里一急，追问道："那岂不是连无言的见面都没有了？"

你神色凝重地摇头，用眼神截断了我的话："没有时间了，你听我说。你觉得考不考大学无所谓，乖乖上班的人生太无聊，那些我听过很多次啦。我只问你，你想和我在一起吗？"

放学后的校园万籁俱寂，夜风吹得你的睫毛微微抖动。路灯点亮了你的双眼，那里汇聚了让我感受到温暖的光亮。

我使劲地点头。

"那，如果可以，考个上海的学校吧。"你看着我的眼睛，"我们的下一个十年，不要再分开了，好不好？"

没等我答应，办公室的方向就响起了脚步声。你轻轻抱了抱我，脚步匆匆地离开了。我呆呆地立在那里，甚至忘了伸出手回应那个短暂的拥抱。方才你在耳边呵出的热气盘旋不去，和最后那句细语一样温暖。

"好好读书呀，以后还指望你养家呢。"
我站在空荡荡的走廊里，郑重地点了点头。

这封信满载了我的回忆。之前的那些，你应该都记得。可是那之后的事，我一直没有机会告诉你。

就在我们告别的那个晚上，我向父亲提出我须要报两个补习班，两个几乎基础为零的科目——数学和英语。你知道吗，那一瞬间我爸脸上的表情真是精彩，大概是大惊失色和喜上眉梢糅合在一起的样子。他反复确认，终于相信我的话并不是玩笑，然后使劲拍了拍我的肩膀，脚步轻快地走进了里屋。

你也知道，因为我一直不想读书，我和我爸的父子关系势同水火。此刻我听见父亲开怀大笑着，向同事打听补习班老师的事，心里竟是一酸。作为一个让长辈头疼了这么多年的叛逆少年，这个情绪连我自己都有些讶异。

这十多年你一直是好学生，可能不会懂学习落后却非要迎头赶上的艰难。我甚至在书桌旁放了一小盆冷水，实在困了就拿水泼一泼自己的脸。

我从未想过放弃，人总不能在同一件事上犯蠢两次。

13岁的时候，一个女孩曾经问我要不要一起上初中，我知道那个初中要坐一小时的公交，立刻摇了摇头；19岁的时候，同一个女孩问我要不要一起去上海，我知道那个地方要坐十个小时的火车，却立刻点了点头。

很多次我从题海中抬头，看着自己这副好好学习的样子不由得愣神，没想到我唯一的执著居然就这么化成了悬梁刺股。

"养家这事儿真累呀！"一念及此，我便忍不住微笑。

高考的分数终于下来了，所有人都大跌眼镜——我这个烂泥扶不上墙的差生不仅上了本科线，竟然还如愿去了上海读书。班主任无话可说，倒是父亲特别高兴，还请了一堆亲戚朋友来庆祝。

可我没心思庆祝。

你家的电话永远打不通，寄给你的信永远没有回。

我找不到你了，这一切最开始的原因，不存在了。

九月，我独自背上包踏上去往上海的列车，开始了用一年苦读换来的大学生涯。后来的许多年里，我无数次暗自庆幸，若是以我原来的成绩，高中毫无意外将成为我校园生涯的终点，而我之后的人生里所拥有的一切，也都将与我无关。

也是在那个夏天，仿佛一夕之间，互联网就渗入到了所有人生活的每一个角落。那年忽然兴起了一个实名注册的学生网站叫"校内网"，同学们在上面找到了无数离散的老同学，一个个兴奋地大呼小叫。我飞奔到学校机房，颤抖着在搜索栏打上"林千亦"三个字。

查无此人。

我面无表情地关掉了电脑，或许失望这种情绪也是可以耗尽的。

你家的小区门口一直没有你的身影，上海所有的艺术院校也清一色地回复查无此人。有一次放下电话，室友告诉我艺考生通常会去很多城市很多学校面试，不会只盯着上海一个学校考的，问我是不是消息有问题。

我不知道该怎么回答他。

几年过去,大四的时候又有一种叫微信的软件风靡起来,一帮人热热闹闹地组建起各种班级群叙旧。被拉进高中班级群的那天,我把群成员的名字逐一看过,依旧少了那一个人。身边的女孩问我在看什么,眼睛都发直了。我说:"没什么,就是有个同学好多年没消息了。"

毕业的时候,我和那个女孩在一起了。女孩是大一的时候认识的,军训的某一天晚上,有个长发姑娘来男生宿舍纳新,我打开门四目相对的那一瞬间,姑娘的脸微微泛起了红。毕业季的空气里满是离别的情绪,那个原本要告别的傍晚,也不知是谁牵了谁的手。

夕阳穿过枝叶洒在她身上,有我一直喜欢的光晕。

一晃很多年过去,再一次听到你的名字,已经是2018年的今天了。

今天是我们高中班级毕业十周年的聚会。新婚的妻子,也就是大四至今长跑多年的女友,挽着我的手臂,与一张张已经陌生的面孔点头微笑。当年的班主任也被请来了,和班长戚梦一起和大家寒暄着。我避开了那个角落,当年的孩子们已经长大成人,可是有些人不会有相逢一笑的一天。

欢声笑语中忽然有人提起:"原来的班长怎么没来啊?好像叫林什么来着……三个字的……"那个男同学挠着头。

班主任噢了一声:"我想起来了,很漂亮的那个女同学是吧?她家里一直考虑安排她出国,但是她一直不愿去,和家长起过很多次争执。高三的时候好像出了个什么事,他父亲觉得不能再拖了,就决定马上她送走了。"

我的身体忽然一抖。

妻子感觉到我的异常,转过头问我:"怎么啦?脸色这么难看。"

我说:"没什么,胃疼,老毛病了。"

原来那个夜晚是一场即兴的表演,你真的很有艺术的天赋。

你用一段剧本点一盏灯，用一个谎言将我拉出了泥沼，而你却在一切开始之前，就已经奔赴杳无音信的旅途。真是完美无瑕的戏码，你仿佛童话里的王子，一个吻就能拯救一个人。

　　可是我呢？为你改变的我呢？

　　晚上我做了个梦。

　　我在高中的教室里醒来，熟悉的夕阳细碎地洒在课桌上。你把信轻轻放在面前，嘴角是只有我能读懂的微笑。我伸手牵住想要离开的你，窗外云卷云舒不知多少天长叶落，我一直没有放手。

　　你回头看着我笑，笑我怎么哭个不停。

苏见祈

点火

区石尹

人间办事处：

  我本来没有写这封"生平陈述信"的必要，毕竟我只是一条毛毯。
  但某一天，我突然拥有了意识，卷进了人类的情感。据说人生来都为了感情而活的，这么一来，我也算活过了。
  以前我还不像这样邋遢，还是一"条"干净的毛毯，会被主人整齐地叠在沙发上，或者搭在椅背上。而现在不是堆在她的肩上，就是堆在她的怀里。之所以用"堆"，是因为她总把我揉成一团搂着，像对折饺子皮那样折叠身体，将我裹住，会嗅我的味道。这种行为好像某种动物。我们身上都有一股接近腐朽的老人味，类似压在箱底多年的旧棉袄散发的潮味。不过，相较于我身上的气味，她多了一些早上新涂面霜的甜。我已经三年没有下水洗过了。

她每天自言自语，有时也和我聊天，虽然她听不到我的回答。她去哪里都带着我，我们形影不离。只不过她老了，又生着病，能记得的事情十分随机和有限。

有的话我已经听了很多遍了，她还在说；有的人已经走了很久了，她还在想。

这屋子里太久没有多余的声音，突如其来的诺基亚铃声显得尤为刺耳。因为年纪大了，她的动作一向很慢，身体行动起来不大顺畅，做什么都比常人多一些钝感。她缓缓抬起埋在我身上的脸庞，许多花白的碎发因为静电飘了起来，样子有点滑稽，显得笨笨的很可爱。等她扒出掉进沙发缝里的手机，铃声已经断了。

她摸索了好久才找到未接来电的页面。手机刚买来的时候，女儿教了她很多次，虽然只是简单的操作，可她就是学不会。她拄着拐杖走进卧室，找到压在床头报纸上的老花镜，戴上——手机已经锁屏了。于是她又从头开始，费劲地按了一遍，**发现**是囡囡的电话。她坐在床边，并不打算拨回去。

铃声再次响起，她扶了扶老花镜，寻找近在眼前的绿色接听按钮。

"妈！您怎么这么久才听电话？不是让您随身带着手机吗？刚刚是不是又找不到了？"

她还没聋，贴近了听女儿的声音比铃声还要吵，于是她把听筒拿开，按了免提。

"您听到电话就要接，您总是不接，我心里多着急啊？还以为您出什么事了。喂？妈！您有没有听到我说的话？"

"我没什么事，你平时也不用给我打电话。"

她摘了眼镜，揉揉眼，似乎已经累了。

"行了，您也别没事了，这周末我们过来看您，看看日用品有什么要买的。"

"别来。"她忙说，说完又觉得不妥，在后面添了句，"我这里很好，不缺什么。你们要多考虑自己的事，该要孩子了。"

她不想给女儿添麻烦，尤其不希望女婿跟来。当时结亲的时候，因为两家条件的悬殊，对方没少在脸上添颜色。如今她生病，女儿往这里贴钱是一回事；另一方面，年轻人平时工作都忙，周末了还不能好好休息，反而要来照顾一个老婆子，她过意不去，况且她觉得自己的身体还没那么糟糕。

"您每次都说这个，我心里有数，周末您在家等着，我一早就到。"

"真的不用了，隔壁小琴还约了我周末去公园，说是有一个老年联谊。"

"真的？"女儿一直希望她能重新建立社交，也不是非要她找一个老伴，就算找个知心的、能看顾她的人也好。听她说愿意去联谊，心里还是高兴的。

"那……您有什么事儿随时给我打电话，手机随身带！"

"知道了。"

"对了，"她伸去挂断电话的手指被女儿的话拦住，"医生开的药都按时吃了吧？"

"都吃了，放心。"

"那最近感觉怎么样？有没有忘事情？"

"我今天不是好好的。"

"你知道我是谁吗？"女儿说完也觉得不可能，自己先忍俊不禁。

"神经！"

"按时吃药！"女儿不厌其烦地又叮嘱一遍，"挂了。"

"好的。"

这次她的手指悬在半空等着，直到听见"嘟嘟嘟……"的声音才按下挂机键。房间一下子又安静了，一点儿声音也没有，好像有一阵汹涌的寂寞随着"嘟"声涌了进来,将整个房间都淹没了。她两手拍了一下大腿,拄着旁边的拐杖缓缓站起来。

"几点了?是不是喝茶的时间了?"

她慢吞吞地走到厨房,一边说话,一边把水壶放在水龙头下面接水。那水壶还是老式的精钢壶,壶底都乌黑了。以前都是她先生烹茶,她先生是个十分在意喝茶步骤的人,现在她自己也就是一煮一泡,倒出来就喝了。

"出汗了,黏馊馊的,往年五月可没这么热。"

她回过身来,想找她那把又圆又大的竹扇,眼睛四处扫了一圈突然茫然了——她忘了自己是要找什么,就那样定在一个地方愣着。水壶里的水已经漫了出来,哗啦哗啦往外一直流,她也完全听不见。她偶尔会这样,意识好像忽然去了别的什么地方,这里的时间就丢失了。等到意识再次回到身体的时候,她总会忘记一些什么:有时是一件事,有时是一个动作,有时是一组词汇……仿佛她把一部分自己留在了那那段丢失的时间里。我很怕某一次她再也不回来了。

"林姐!林姐!"隔壁小琴砰砰地敲窗户,"你没事吧?能听到吗?林姐!"

小琴放弃了,匆匆回家取了备用钥匙来开门。一进门,却发现她已经抱着毯子坐在沙发上了,小琴坐过来,很靠近她。

"林姐?你刚刚干什么呢?"

她不说话,好像在深刻地思考着什么,又好像什么也没想。小琴换了一个位置,侧着蹲在她面前,掏出手帕来帮她擦汗。

"天气这么热,咱们不抱这个毯子了好吗?"小琴一边说话,一边慢慢地把我从她怀里往外抽,她突然拉住我,开了口。

"你爸刚刚来了。"

"是我,我是小琴。"

"你爸一定是回来了,不然是谁开的水龙头?"她突然有些激动,握住小琴的手,"我亲手帮他关上的,这毛病我说了他不知道多少回。

可是我没见着他，一句话也没说上，怎么走得这样急呢？"

"没事，他肯定还会再回来的，这是他的家。"小琴只好顺着她说，又捋了捋她的头发。

"你什么时候也开始穿这样的裙子了？"她打量起小琴。

"怎么了？"

"隔壁那个小琴也爱穿这种，我不喜欢。有这么热吗？太暴露了！"她很嫌弃地碰碰小琴胸口的花边，小琴忍不住笑起来。

"你都流汗了，还不热啊？"

"不热。"

她孩子似的把头扭到一边，等了一下，又神秘地转回来，贴到小琴耳边："有件事我没和你说过，你爸和那个隔壁的，有过什么的。所以我不喜欢你这样，不喜欢你像她。"

一提到这件事，她好像连"小琴"这个名字都不愿意说了。

"是吗？你什么时候知道的？"

"一开始我就知道了，我能不知道吗？我太了解你爸，你还记得他那副姜黄色的毛线手套吗？他很喜欢那副，有四五年冬天他一直戴着，每次出门都要检查大衣口袋里是不是一边一只。有一次他在我跟前慌里慌张，两只手套都囫囵塞进一个口袋里，我就猜到大半。"说到这里她喘了口气，歇了几秒，"后来没多久那副手套就丢了，他也没提，我心里很明白了。"

"那你怎么知道是小……是琴姨的？"

"她那么喜欢邀别人去她家做客，我在她家看到那副手套了，在厨房的角落里。所以他们之后应该没有再过分的联系，你爸也知道掉在哪儿了，只是不想再回去拿。有一次我问他手套怎么丢了？他说不小心掉的。我说不打算换个新的？现在有许多时兴款式。他说旧的真丢了，什么样的也不暖和了。那之后，我就再也没有提过这件事了。"

她眼底渐渐亮了起来。夕阳透过窗子，洒在她的脸上。在真正的夜幕来临之前，这神秘的光线使她变得格外美丽。

"不怪小琴吗？"小琴望着她，眼睛有些湿润。

"一切的发生都是有理由的。"她忽然微笑了，回过神来似的，"天都晚了，你饿了吧？我给你弄吃的。"

"不用，别麻烦了，我这就走了。"小琴吸吸鼻子，"周末的联谊你去吧？"

她没回答，小琴等了一会，接着说："我走了，改天再来看你。"

"帮我把蜡烛点上吧。"

她没有站起来，脸上那黄蔷薇色的美丽光线已经移走了，连我也不清楚她最后有没有意识到和她对话的不是女儿。

一周后的清晨，她忘记了该怎么穿衣服。

领子袖子明明都还呆在原来的地方，可她却无论如何都穿不上了，她花了一个小时来回翻转衣服，尝试各种方式，搞得满头大汗。最后她右手穿对了，可左手和头一起挤到领口里面去了。这件墨绿色的棉T恤非常可笑地把她捆了起来。

她累了，就以这种怪异的姿势立在镜子面前喘息，镜子里的自己显得又老又愚蠢。她开始变得生气，她想找把剪刀来把衣服剪开，可是又想不起剪刀在哪儿，只好连撕带咬地把衣服扯掉。她光溜溜地瘫坐在地上，看着披头散发满脸褶皱的自己，忽然悲从中来。乳房已经快垂到肚脐，胳膊和大腿上的肉像装了水袋一样稀软，肩膀和后背上还有刚刚造成的红色勒痕，可是皮肤已经肿不起来了。

她从床上把我拉下来，整个盖在头上，躲在里面安静地哭泣。她不能像女孩或者女人那样发出哭泣的声音，她不允许自己那样。活到这个年纪，似乎已经没有那样哭的必要了，她只是不停流着眼泪。我很想安慰安慰她，可我什么也说不出来。过了一会儿，她扶着床边坐起来，按照她的习惯把我搂在怀里。

"你就是他丢手套的那年冬天买回来的，说是送我的礼物，平白无故的。我赌气不愿意用，还故意给你烫出三个洞，"她前后翻翻，终于找到那几个被缝合的破洞，"后来，都是他在用。谁能想到现在，我只跟你最亲近了。"

她抚摸着我,像抚摸心爱的宠物。

"原来东西和人一样,都是越看越好的。"

又过一会儿,她用拐杖支撑自己站立,重新从衣柜里挑了一件衣服,是一件带扣子的雪纺衬衣。虽然扣眼没有几个对上的,不过总算可以遮体。

一个月之后,她连走路都很困难了。

近一年,和她打交道最多的人就是许老板,每隔一个星期就来探望她一次,有时候两次。许老板是开超市的。最开始是因为买的东西多,她自己拎起来不方便,许老板就开车帮她送到家。时间久了,许老板说这样麻烦,就让她在家里等着,估摸着她该缺什么了,每周送些来。她怕左邻右里看到了不好,就跟许老板说以后还是自己去买。后来,许老板就一并连这附近的几家都送了,还常常不收钱,说都是些快过期的,扔掉也可惜了。即便如此,许老板对她有那份儿心,大家都是知道的。

今天许老板过来的时候,她已经倒在厨房的洗手台边很久了。右手握着拐杖,玻璃杯碎在一边。可能因为曾试图爬起来,胳膊压到碎玻璃,划破了好几处,米色连身裙被淡红色血渍浸染了一片,现在渐渐有点儿干了,像裙子上本来就有的印花。

许老板什么都没问,帮她捋捋头发,先接了杯水递到她嘴边。她别过头,不喝也不说话,眼睛直愣愣的,除了还在大口喘息,实在不像一个还活在世上的人。

她是不想别人看到她这样。

许老板放下杯子,径自去医药箱里找创可贴,这地方简直像自己家一样熟悉。他一边帮她处理伤口,一边偷偷看她,想说点儿什么安慰的话,又怕失言伤害到她。那些话堵在嗓子眼,要出不出的,十分难受。他只能过一会儿就"吭、吭"地清两下嗓子,想不到都这把年纪的老头子了,在她面前还是会孩子般局促,一开口就面颊发热。

"嗨！没事儿！你看我腿上这些疤，都是小时候摔的。"许老板反应很快，马上说，"长大了也没消停过，总是摔跤，太正常了。"他撩起裤腿，尽量让动作显得滑稽些。

"爸爸……爸爸……"她突然轻声从嘴里吐出一些话。

"啊？你说什么？"

"爸爸……爸爸……爸爸……爸爸……"

"怎么了？"许老板两只手放在她的两颊，不断安抚她，"没事了，没事了……"

可是没有用，她的嘟囔变成大喊，疯了一样："爸爸！爸爸！爸爸！"

"好了好了好了，别喊了，乖，乖啊……"他想起她最喜欢的毛毯，马上拿来送到她怀里，"别哭别哭，我在呢，别怕，你快看这地上的玻璃多好看。"

"爸爸……爸爸……爸爸……爸爸……"她的声音小了一点。

"你不哭，我给你讲个故事好不好？"

许老板把碎玻璃拢到一摊光晕里，木色柜面上立刻映射出彩虹色的斑点，他也靠着她坐下来。

"我小时候，我们家就是做超市的，不过那时候还是一个小卖部，我为了讨好同学，就时常给他们带零嘴儿。后来那群'好朋友'常常到我家找我一起去上学，但我不知道他们其中有一个人每次去找我都在悄悄偷零食，是爸爸告诉我的。我很生气，决定再不跟他们来往了。没想到他们找了一天晚上，砸碎了我们家的玻璃。从此以后我就明白，通过真心以外的任何东西来维系的感情，都是靠不住的，也是没必要的。不用让自己看起来完美，不完美本身就很美。"

她嘴巴微微张开，一颗很大的眼泪从眼睛里滚落出来。

"我是不是该死了？"

"你问他还是问我？"许先生拍拍她怀里的毛毯，架住她的胳膊往上提，"来，地上凉，咱们先起来。"

两个老年人在阳光充沛的房间里，蹒跚吃力地搀扶在一起，花了很久很久的时间才挪到沙发上坐下，然后他们大口喘着气，笑了起来。我只是一堆毛毯，没有眼泪这种东西，可我看着他们俩，有一瞬间我觉得我哭了。

第二天，许老板送了一个电动轮椅过来，陪她练习了一下午。又可以自由的行动了，这让她心情好了很多，许老板趁着机会说："要不要我给囡囡打个电话？"

"别打！"

她忽然很严肃，当初她觉得自己身体没那么糟糕，不想麻烦女儿；现在她又觉得身体太糟糕，不能麻烦女儿了。

此后，许老板每天都来。直到一天下午，她吼着让许老板滚出去，她从来没有那么失控过——她失禁了。她感到十分羞耻，没法儿见人，要是陌生人或许还可以忍耐，可是这个人……这个人不行。她在意自己在他眼里的样子，不能在爱自己的人面前失态，这是身为女人最后的自尊，即便这个人她不爱。当许老板最终妥协，走出卧室的时候，她突然用微乎其微的声音地叫住他。

"拜托你帮我洗干净。"

许老板不知道她怎么忽然想通了，怕她觉得难堪，也了解她有多挣扎，于是什么也不说，只是走近用我盖住她的身体，笨拙地从下面摸索着帮她脱衣服。

屋子里只有着急又慌乱地撕扯衣服的声音，还有许老板不时的"吭、吭"声。他不想在她面前哭，但看到她的样子实在心里痛苦，忍不住还是在和她眼神相错的时候偷掉了几颗眼泪。

他们之间即使赤裸相见，也早已不是爱情，而是两个老人之间的相互怜惜。

帮她清洗干净、换好衣服、重新安置到床上躺下时，天已经黑透了。

"那……你好好休息，我明天再来。"

许老板刚要走，小指被她用食指轻轻勾住。

"我准备好了。"她很平静。

"不行！"许老板毫不犹豫，立刻向门外走。

"求求你……"

许老板回头看她，烛影晃动，月光从窗外探进来，照在她凄清的脸上，发出莹白色的光泽。

这一刻，他觉得她拥有了从未有过的纯洁，这样的纯洁不该再被污染。他慢慢靠近床边，摸过另外一只枕头，一点一点地压下去，可是在就要捂住脸时，他还是颤抖着丢下枕头跑开了，一口气跑到大门外坐靠在墙角放声哭起来。

外面起风了，有一双看不见的手在用力推搡窗户，终于"轰"的一声，窗户被冲开，我乘着风用力扑向床头的蜡烛，将自己点燃。这时我才明白，点火就是我活着的意义，是那个人留下的告白。

毛毯

绝笔

爱情的钢印

文 苏见祈

阿亮：

　　最近爷爷的脑子越来越迷糊了。今天起床的时候，一时竟想不起我自己叫什么名字了。

　　你奶奶就笑话我，说我老糊涂了。

　　我是糊涂不假，可你奶奶笑话我糊涂，这我是不大服气的。

　　两年前有一阵她先糊涂了，糊涂到连我都不认识了，每天就去公园边上的长椅上坐着，说是等男朋友约会。

　　我又好气又好笑，说："我就是你男朋友。"

她盯着我看了半晌,说:"我男朋友是个年轻小伙子,你别骗人了。"你看,她还笑话我老糊涂,真是的。

其实爷爷也不知道自己还能清醒多久。想趁还记得一些事的时候,把我和奶奶的故事写下来,讲给你听。

说回两年前的事吧,当时你奶奶得了老年痴呆,每天一早就出门,去公园的长椅上"等人",谁劝都不听。我担心她一个人出事,就也跟着她出门,坐在长椅上陪她聊天。到了晚上,再陪着她回来。

我知道对于她来说,我可能只是个恰好出来散步的陌生老头子。

可我不想她每天孤零零地坐在那,等一个永远不会出现的人。

就这么过去了几个月,有一天我起晚了,忘了出门照顾她。一直到那天的晚饭时间,我猛地一个激灵,慌忙冲出了门。公园里已经一个人也没有了,你奶奶一个人坐在那张椅子上,手臂环抱自己的身子直哆嗦。那时候刚入冬,又有风,入夜的冷意能隔着衣服浸到身体里。

你奶奶回来就生了一场大病,把你爸都吓得从外地赶了回来。好在奶奶挺过来了,只是病好以后,又每天出去到长椅上坐着。

我告诉自己,绝不能再忘了这件事。可我的脑子越来越糊涂了,别说记得去公园找她,万一我和你奶奶一样,不认识对方了怎么办?

也是在那时候,我看到一条"思想钢印技术"的广告。广告说该项技术针对阿尔茨海默病,可以让患者永远坚定不移地相信并执行设定好的意识。其实我看完也只是一知半解,新东西还是你们年轻人懂得更多。

那时候我眼前一亮,这不正是我想要的东西吗。

我找到这家心理诊所,和医生说我想打一个钢印。

医生是个白白净净的年轻人,姓胡,鼻梁上架了一副眼镜,很斯文的样子。听完我的来意,他微微皱了皱眉。

"在传统药物治疗的尝试之前,我们不建议患者直接采用钢印这样激烈的手段。"小胡医生说。

"我年纪越来越大，身体也无法承受那么多药物。最近记得的事情越来越少了……小伙子，能不能请你帮忙，让我记住一件事情。"我甚至有点乞求的态度。

"什么事？"他有些疑惑，看来没有人动用钢印技术只是为了记住一件事。

"每天记得去找我的老伴。"我见医生还是不解，便解释道，"这样吧，你跟我来。"

我带着医生走到那个公园，指着远处长椅上的老太太说："那就是我的老伴儿。"

你奶奶还是一样，双手交叉搭在拐杖的把手上，看着远方出神。

"她得了阿尔茨海默病，这两年谁也认不出了。"我说，"从两年前开始，她每天都一早出门坐在这里，等到太阳落山才回去，有时候甚至忘了回去。"

"是因为以前的什么事情吗？"

"年轻的时候我工作忙，她常常一个人在这里等我。"我叹了口气。

我让医生跟在我身后不远处，随后坐在你奶奶身边，和她随便聊些家长里短的事情。从天然大米是不是真的比人造大米健康，说到老人乘坐飞行汽车容易头晕……都是一些平常的琐事，可我总能逗得你奶奶抿着嘴乐。当然啦，我们一起过了一辈子，我知道她喜欢聊什么。

聊着聊着我回头看了一眼，那年轻的医生正看着我们出神，不知道在想些什么。

第二天在诊所，医生还是提醒我钢印技术的手段过于激烈，可能不适合老年人的身体。

"她已经忘了我，我不想再忘了她。"我摇了摇头，"我不想我的爱人等我，而我却忘了赴约。我可以忘记所有事情，只有这一件事，必须印在我的脑子里。"

或许因为白头偕老的爱情在这个时代已经太过罕见，医生虽然心有不忍，最终还是同意了我的要求。

医生把设备罩在我的大脑上，让我最后确认显示器上钢印的语句有没有问题。

钢印里写着"长泰路公园长椅上的老太太是我的老伴，每天都要陪她聊天"。

我点了点头，医生启动了机器。

后来的几天，医生下班的时候都会来公园听我们说话，可能是担心我术后有什么不良反应。

我有点儿不好意思，因为每天我们的话题都是相同的。你奶奶记不住事儿，相同的话题连着说三天，还是笑眯眯地听着。

可医生却早就听过了。我以为他会不耐烦，可他依然每天都来，有一次我还听到他轻声地叹息。

几天过去，小胡医生忽然联系我，说我老伴的失忆有一种解决的的办法。

"你们能帮人恢复记忆吗？"我激动地站起来。

"完全恢复记忆我做不到。不过换一个方式想想，如果创造新的记忆，可能可以改善目前的问题。"他说。

"什么意思？"

"给您的太太也打上钢印，钢印内容是您就是她的丈夫，就是她要等待的人。"

把你奶奶从长椅带到几百米外的诊室并不是一件容易的事情，并不是因为腿脚不便，麻烦在于她坚持要在那张长椅上等她的"男朋友"。

后来我想了个办法。我自己写了个便条递给你奶奶：今天加班走不开，就不见面了。

你奶奶看着熟悉的笔迹点点头，又数落了一阵"他这人总是这样"之后，这才犹犹豫豫地跟着我这个"聊得投机的老头子"来到了诊所。

罩子隔空罩在老太太花白的头上，她慢慢地睡了过去。

"每天在公园的长椅上和我聊天的老头子，就是我等待的爱人。"

这句钢印的内容医生事先已经和我确认过了,所以他直接转动了旋钮。

可钢印的流程并没有启动。

下一秒,屏幕上亮起着赤红的警报,整个房间都是闪烁的红光!

"怎么了这是?"我慌了。

"这是重复钢印警报。您太太的意识里已经存在了一个钢印,而重复钢印是绝不能允许的,可能会对患者的大脑造成不可逆的损伤。"说话间医生急忙按下了紧急停止的按钮,"这是很危险的,幸好系统有自动检测功能。之前和您确认过这件事,您不应该隐瞒情况的。"

我一脸茫然,手足无措地解释:"这些年我们一直在一起生活,可是我完全不知道这件事啊。"

医生把程序逆向推演,想看看奶奶的钢印到底是什么内容。

"爱我的丈夫许文辉,终此一生永不分离。"

她的钢印语句显示在屏幕上。

我拄着拐杖的手开始颤抖,医生开口问道:"患者的钢印时间?"

"2133年10月17日。"屏幕上显示出了第二行字。

"30年前?"医生赶忙扶着我,"30年前你们的生活有什么特殊的变化吗?"

我闭上眼睛,深深吸了口气。

"那时候我们人到中年,老小压力也大,总之各种琐事吧,感觉把感情都消磨光了。家里的气氛闹得很僵,两个人又都是急性子,吵起来吓得孩子放学都不敢回家。后来越闹越凶,谁也不让着谁,我记得有一次她还提了离婚,说完摔门就走了。

"可是回来以后她好像就消了气,我也就没有再提。后来家里不再吵架了,我有时候说了伤人的气话她也不反唇相讥。我就很内疚,心想我的爱人都可以退一步,我难道就不懂得珍惜吗?后来感情渐渐好起来了,我也就忘了这段难过的日子。现在老啦,回想起来都是年轻时候的故事,那段日子反而挺模糊的。"

我沙哑着嗓子回忆着。

"2133 年 10 月 17 日"。那几个数字还在屏幕上闪烁。

我终于知道了,后来我们不再吵架的真正原因。

三十年前,医生一定会提醒老太太,永不分离并不是一个人能决定的事情。如果她的丈夫决定分手,她会因为思想钢印和客观事实互斥,一生活在求而不得的痛苦里,永远不得解脱。

如今我无法知晓你奶奶当年的回答。或许她是为了控制自己的情绪,或许是为了挽留爱情不惜一切代价的执念,我无从得知。只知道她最终还是坚持了这一场豪赌——赌她的爱人一样不愿意放弃。

还好。还好你爷爷也没有放弃。

后来奶奶醒过来了,茫然地眨了眨眼,问这是哪儿。

我擦干眼泪走上前,努力保持着笑容问她:"大妹子,你的丈夫叫什么名字呀?"

"许文辉。"这回她几乎是立刻答了上来。

我掏出自己的身份卡递给她看。你奶奶看到熟悉的三个字,又抬眼看了看我,歪着头皱着眉,像是努力想要回忆什么。

"阿瑶,想不起来就算啦,我们重新来过好了。"我向她伸出手,眼前仿佛是她当年的模样,"程瑶同学,我叫许文辉,很高兴认识你。"

老太太的眼睛一亮,像是想起了什么:"所以……你是我的丈夫?"

"是。"

"我记不清了……我们这一辈子,是一直都在一起吗?"满头白发的老太太歪着头问我。

我笑着牵起她的手。和当年不同的是,掌心的触感粗糙,那是我们走过一生的证明。

"是。终此一生,永不分离。"

爷爷

2162.10

奇怪的我和你

图 胡点点

可爱的妻子：

　　今天是我们结婚七周年纪念日，我像往年一样为你写一封信。
　　对了，早上我去上班的时候看见家门口新开了一家炸鸡店，今晚就决定吃它了。我第一次见你那天，你的菜单就是炸鸡，但你吃炸鸡的日子太多了，我不确定你能不能记得具体是哪一天。我没有批评你的意思，炸鸡是个好东西。
　　我们认识的时候是冬天。
　　我记得很清楚，那天刚下过一场大雪。中午我下楼吃饭，刚进电梯跟着走进来一个看起来有些虚弱女孩儿。她微微弯着腰,用手按着自己的腹部,我猜应该是正值生理期。

对,我知道,你生理期不怎么痛。这个女孩儿不是你,我跟她只是萍水相逢,千真万确。

那个女孩儿当时看起来很难受的样子,我迅速偏过头不去看她,要是我看得再仔细一些,一会儿我的腹部也会开始隐隐作痛,尽管我并没有子宫。

这是一种病,我的同感比正常人要强烈很多,也就是——感同身受的能力。

这病对生活的影响比想象中要大,虽然我已经尽量不去看社会新闻,也避免听人倾诉,但世界上充满了各种各样的情绪,它们对我来说就像感染源,随时会入侵我真实的感受。

总之,这种病比想象中痛苦,我当时一直希望它随我的生命在某天一同逝去……算了不说了,你不喜欢听我说丧气话。

让我们再回到那个电梯。

我已经很努力地不去在意那个女孩儿,但她吸凉气的声音传到我的耳朵里,还是成功让我复制到了她的痛苦。

像有人穿着冰刀鞋在肚子里滑冰,像一台钻机在不停地往里身体钻……我在网上看过的描述开始在自己身体里上演。喊,你这个幸运的女人,说了你也不懂。

总之,我度秒如年。

好不容易忍耐到电梯门再次打开,我捂着肚子飞速地走了出去,在室外呼吸了好几口凉气才缓过来。

正当我以为今天终于躲过一劫,下一波攻击马上接踵而来。

"好想吃炸鸡啊,好想吃炸鸡……"突然随风飘来这么一句。

我扭过头,看见一个扎着丸子头的女孩儿,舔着嘴唇,眼神坚定,加快速度走向前面的 24 小时便利店。

老婆,这个女孩儿才是你。你觅食的表情我看多少次都看不够。

那阵子我对这个世界都没什么欲望，当然也包括食欲，原本准备中午吃份沙拉了事，但突然午餐的菜单就这样因为你做了变动。

"炸鸡……"我喃喃了一句，跟了上去。

不得不说缘分真是个神奇的东西，在这次偶遇之前我从来没有见过你，但之后我想避都避不开。每天中午我下楼总能看到你也从隔壁大楼里走出来。

"卤肉饭！油油的卤肉饭！"你踩着不知什么歌曲的拍子，笑得眼睛眯成一条缝。

"热狗热狗！两圈番茄酱加一圈蛋黄酱……"你把半张脸埋进围巾里，目光炯炯。

"牛肉面多加一份牛肉，不要葱！"那天你手里多了一双自己的环保筷。我偷瞄了好几眼也没看出是什么牌子，只能买了双颜色一样的，但是一直没好意思用。

每天我都跟在你后面走进便利店，在你点完餐之后有效率地跟店员说"我也一样"，然后在你附近的座位坐下跟你一起用餐。乍一看像个变态，仔细一看你就会报警。

但我发誓，我从没有动过坏心思。你吃饭的样子特别幸福，我用自己的怪病把这份幸福偷了过来。

被逮到的那天，我们吃的是阳春面。面吃完了，你端起碗呼噜噜喝了一大口汤，我也学着你的样子端起来，呼噜噜喝了一大口汤。

"你果然在学我！"你突然扭过头来看着我，"你是变态吗？"

"我不是！"我立刻回答道。

我平时很少这么激动，话音一落连自己都吓了一跳，突然被问到竟然还有些心虚。

"我看也不像。"你笑了一下，把方便碗往垃圾桶里一扔，抽了张纸巾一边擦嘴一边跑了出去。

这是我们第一次对话，那天晚上我躲在被子里傻笑了好久。

虽然我不是变态，我想我对你还是动过心思的，所有感情都是这样开始的，不是吗？

在这之后情况有了一些变化，具体来说就是：我们开始坐在一张桌子上吃饭。

我们没有特意约着见面，像以前一样每天中午走下楼就能遇见对方。但其实我会偷偷提前下来几分钟，这样就能看见你搓着手从大厅里走出来的样子。

你看见我了，就会一路小跑过来跳定在我面前，开朗地告诉我那天的菜单："炸酱面！"你双手一拍，呵呵呵地笑起来。

那天起我感觉自己的病变得更严重了，因为我确定，我比你感受到的还要更幸福一点。

其实这样的情况很容易断定——我是陷入爱情了，我只是有些不好意思承认。

在我鼓起勇气准备告白那天，你似乎也感觉到了什么。你表现得跟平时不太一样，不仅吃得慢条斯理，还一直注意自己的唇膏有没有被蹭掉。虽然大部分时间你都埋头吃饭不怎么跟我对视，但却会趁我看向别处时迅速抬起头来看我一眼。

没想到吧，其实我都注意到了。

我原先打了很多腹稿，还想了一些肉麻的话，但是看到你的反应我突然不紧张了。因为我知道这是什么意思，我感受到了你的感受。

这病还真不赖。

"我们一直这样一起吃饭吧。"我放下筷子认真地看着你。

"行……行啊！哈哈哈！"你的脸比刚才要更红了，说完就低下头去飞快地扒拉筷子。

我笑着伸手摸了摸你的头。

当时我的感觉很奇怪，我能感觉到你很紧张，于是我也变得很紧张。

我的心跳得很快，体温也上升了一些，可其实我只有满心的欢喜。

我一直在追求一个完全封闭的社交结构，可遇见了你，我就只想追求你。

这的确是爱情。

还记得你一直埋怨我的这件事吗？两年之后我才告诉你我的病，以及跟你相遇的这段经历对我生活的意义，但不是在某个餐厅的饭桌上，而是在我们两个共同的家里。这时我们已经结婚了。

我挑了个风和日丽的早晨，你躺在我的胳膊上慢慢睁开眼睛醒了过来，我就在这时候突然想告诉你我的秘密。

坦白后我小心翼翼地观察起你的反应——那是一个很微妙的表情，跟我的父母以及那些医生都不一样。

大多数人在知道我的病时产生的想法都很好理解，有很多四字词语都可以概括：不可思议，匪夷所思，难以置信……然后他们会故意做一些事来试探我有没有撒谎，直到我哭出来或者吐出来，总之手段非常残忍。我做过很多这样的实验。

"你是说，你能百分之百体会到别人的感受？"你翻身坐到了我身上。

我点了点头，握住你放在我身上的手，说道："如果我观察仔细的话。"

"那别人如果伤心难过痛苦，你也要遭受一遍？"

"……是。"

"我不喜欢这个病。"你撇着嘴一下扑进我怀里。

你一点也不关心这个病是怎么回事，只是很心疼我。

由于我接收到了你的感受，所以也突然变得很心疼自己……我细细品味着这种感觉。

"那你……那你……"你抽抽搭搭地吸着鼻子，"那你有没有感觉到我饿了？"

你抬起头来看着我,眼里亮晶晶的,肚子咕噜噜叫了一连串儿。

"感觉到了。"我笑了起来。

那天我们的早餐是阳春面,我煎了两个香香的荷包蛋。

你知道我的病后不再拉着我看你最喜欢的恐怖电影,不小心磕到床角时会咬着拳头不让自己叫出声来,还比从前跟我分享更多每天让你开心的小事,你用小小的改变呵护着我这个病人,我感到非常温暖。

其实之前我就已经很开心了,你用你的开心感染着我,这就已经足够了。但这些小表现,就像吃完饭躺在沙发上看我收拾碗的你,懒洋洋地说一句"我去洗吧"一样,属于心灵的慰藉。

不过还有,你开始让我参与你的商场之行。

"老公,你看这个小裙子是不是超级好看?"

"老公你看着我的眼睛,你能感觉到吗?你能感觉到我对这个小裙子的渴望吗?"

你眨巴着大眼睛一个劲儿地踮着脚往我眼前凑。

我感受到你的渴望了,我没办法不买单。

老婆,我不是说你败家的意思,你选的东西都很棒,真心的。

唯一的秘密也毫无保留地告诉了你,我们之间的日子开始过得日渐平淡——当然,是甜的那种。

回忆起来,当时我们的生活像极了一部绵长的早间电视剧——没有跌宕起伏的剧情和焦头烂额的人物冲突,男女主角会遇到什么样的困难,他们会做出怎样的选择,以及下一集的剧情走向,基本上都能猜得七七八八。但你只想一直看到结局,这样才会安心。

可能是"收视率"下降的原因,躲在某个地方的编剧开始想让我们经历一些挫折,于是日子来到这天——我们结婚三周年的纪念日。

你期待了很久,仅仅因为那天出差回来的我会带一个栗子口味的蛋糕当饭后甜点。那阵子你在减肥,为了存够吃蛋糕的热量额度你一周都没有喝奶茶。可以说是很艰难的减肥行动。

遗憾的是，你那天精神突然不太好，一脸病恹恹的样子没什么食欲，我能看出你的病态，即使涂了唇膏也掩饰不住嘴上翻起的干皮。

但你还是努力保持开心的样子，握着我的手说："老公，今天我要告诉你一个大秘密，我已经瞒了你很久啦……"你有气无力地说着话，扰乱我思考的头绪，当时我只关心你的身体状况，你看起来太糟糕了。

"你生病了？"我也早就没有食欲，放下筷子认真地扫描你。

"嗯……有些不舒服……"

你刚说完，原本握着我的手突然滑落，身子一歪从椅子上摔了下去，我抱着你却怎么也叫不醒。

蛋糕上的小蜡烛烧到了末尾自己熄灭了，家里空荡荡。而我已经抱着你飞奔在去医院的路上。这是为数不多的只属于我一个人的记忆，你在我怀里沉沉地闭着眼睛。

"还剩下三个月。"

离我们休假去旅行还剩下三个月，去冰岛，一趟漫长的旅程。那是我们计划了很久的行程。

而此时此刻，医生却跟我宣布：你的生命只剩下三个月。

我没有开口，直直地盯着他，试图用我的"超能力"干点正事儿。

他感到一些惋惜，还有无能为力的挫败感，他偶尔望向我，眼睛里还有歉疚。

他说的是真的。

人在遭遇挫折的时候，通常要经历五个阶段：否认、愤怒、试图阻止、抑郁、接受。这是心理学著名的的库伯勒·罗斯曲线。很基础的知识，我很早就读到过。

可是只有当自己经历了我才发觉，这玩意儿一定是旁观者总结出来的，当事人的心情就连他自己也没法回忆起来，"一片空白"是最贴切的形容词。就连我这种经历了无数个体的无数种心情的人,也没法准确说上来当时我到底在想些什么。

等我再回过神来,我的大脑已经自己走到了最后一个阶段——或许,或许已经走到最后一个阶段。我不知道自己能否接受,我只知道我将要面对一件非常可怕的事情。

我端着白粥走进病房。

"我来投喂啦。"我装作轻松的样子坐在板凳上一口一口地用勺子喂你,你很乖,但吃得没有一点儿滋味。

早知道在出差前就给你买好栗子蛋糕了,怎么吃个蛋糕还要等到纪念日呢,我怨恨起自己来。

我替你捋了捋头发,但就这么一个小小的动作却让你敏锐地察觉到了一切,你突然变得难过和沮丧,就和我一样。

其实我早怀疑你是不是也有跟我一样的怪病,可以洞察人心什么的,但只对我有效。

就像现在,我们彼此无言,却成功传递了一个悲伤的消息。

"我爱你。"你闭上眼睛吻了我。

病情恶化得比想象中更快。

你开始做化疗,导致大把大把地掉头发、你不管吃什么都会呕吐,折腾了大半个月已经瘦得没有人形。

我已经下定了决心,无论多艰难都要跟你一起面对这一切。但你却做出了一个让我伤心的决定——你不想再见我。每次我一进病房你就开始推我、打我,一见到我就大声喊叫。为了不影响别的病人,护士只好一次次把我拉出去。

护士告诉我:"你老婆应该是嫌自己丑,很多女病人都会这样,你体谅一下。"

我没有反驳。我知道你不是,反而,你是在体谅我。

但其实真没必要,医院里全都是病人,即使看不见你,我看着其他人也并不太好受，我每天都体验着各种各样的疾病，可是，不能陪着你才是我最大的痛苦。

你醒着的时候，我都坐在病房外，我能听见你忍不住疼痛的呻吟，听你每天都跟父母认真道别，听你低声喊我的名字……我每个深夜都不敢入睡，我害怕听到你的声音，但更怕听不到。

我知道你有多疼。为了知道你有多疼我特意去查了关于这个病的所有资料，然后隔着墙跟你一同呕吐，跟你一同被撕裂。

某天，我真的倒下了。

再醒来的时候，我躺在病床上，你躺在我身边。你醒着，睁着亮晶晶的眼睛看着我，我已经很久没有跟你对视了。

"好久不见。"我冲你微笑。

你也笑了，你很久没有这么好的精神了。不知道是不是我也在病中不太清醒的原因，我眼里的你跟从前一样健康动人，那一瞬间我仿佛回到了我们的家，这只是一个非常平凡的早晨，我们照旧享受着起床前十分钟的温存。

这十分钟，你把三周年纪念日那天没说完的话继续了下去。

"老公，我要告诉你一个已经瞒了你很久的秘密。"你笑着，像一个调皮的精灵。

现在我要纠正开头说的话，我们的初次相见并不是那个下雪的冬天，你告诉我，我们在更久更久之前就见过彼此——在儿童病院里。

每个路过儿童病院的人都会投来惋惜的眼神，在他们的想象中住在这里的孩子们一定得了很重的病，或许是先天的，或许是突然的灾祸。总之太可怜了，他们年纪还是那样小。

我们就是其中一员，虽然同样是病人，可我们看起来比别人都要健康，我们可以正常吃饭跑步，看起来跟学校里的那些孩子没什么两样，许多小朋友都羡慕我们。

但我们的病却比别人要怪得多。

我的病，就是这种过分感同身受的怪毛病；而你正好相反，你什么都感觉不到。

也许老天爷早就注定让我来替你感受这一切。

你是从家里翻出来的一张老照片里认出我的，你见过这张照片，也见过我小时候的照片，可是直到这时候你才终于回忆起来。

你说某天你得知医院里还有另外一只跟你一样奇怪的小怪物，于是迫不及待地找到了他，然后当着他的面咬了自己的手指一大口。

当时你使了非常大的劲儿，手指破了好大一个洞，鲜血直往外冒，但捂着手指哭的人却是我。

医生听见哭声赶紧跑过来，将你带走去处理伤口，而你只是开心地回头大叫："谢谢你！"

我躺在病床上问你当时为什么谢我。你说："因为我帮在你痛。"

四舍五入等于你也终于有了感觉，这可是人生头一回。

"你说多好的病哪，怎么说好就好了。"

"我觉得都赖你，就是那天我咬了自己一口，把你咬哭了之后，我才渐渐好转的。可能这种病只有被相爱的人治愈。"

你笑了笑，伸手想摸我的脸，恰好挡住了一部分阳光。

影子投射在你的脸上，那一瞬间我突然看清了——原来你的脸色依旧苍白，你依旧那么虚弱，一切都像回忆一样，都只是幻影。

我迅速伸手握住你的手，我怕来不及……来不及放到我的脸上，而事实果然如此。

就在那个早晨，我失去了你。

这封信跟以往的一样又写得太长了，可能是我年纪大了的原因，越来越喜欢回忆往事，还絮絮叨叨地一直重复，你可千万别嫌弃我。

这就是我们之间短暂的缘分以及那段日子的故事。我知道，你一定跟我一样记得清楚，只可惜再也没有后续。更遗憾的是，这个鲜活的世界再也没有什么新鲜事，总之对我来说是这样。

　　哦，对了，今年我有一个好消息要告诉你，那就是我的病似乎也在渐渐好起来。

　　我不再对别人的痛苦和喜悦有那么强烈的感同身受，我的感觉渐渐只属于我自己。

　　这是你一直期盼的奇迹，但对现在的我来说却不能算一件好事，我连别人的小小开心都无法窃取，生活就只剩一潭死水。

　　你走的第四年，我依旧在想你。

　　原谅我没有好起来。

永远爱你的丈夫

爱情预测中心

文 茶糖

爱情预测中心：

我开始后悔，当初没能相信你们的判断。

短短两年时间，我和他就走到了婚姻的尽头。我终于明白，当初机器为什么会给出那样的预测结果……只可惜当年的我们一意孤行，凭着一腔爱情的错觉，硬是把机器的警告抛在脑后，不顾一切地选择了彼此。

如今，感情早已在日复一日的生活中被磨灭殆尽，种种细小的龃龉和矛盾成了婚姻生活中的主角，它们像灰尘一样无声地堆积着、堆积着,我们却都没有伸出手去掸一掸,直到感情彻底被尘埃淹没,破败荒冢,覆水难收。

直到此刻,我拿着离婚协议书,才意识到当初那个机器的判断是多么正确。

我和他是在两年前的"科学相亲"中认识的,对,就是你们推出的那种新型相亲模式——在相亲过程中实时监测双方的大脑,用仪器检测出双方的脑电波 α 值,多巴胺、苯乙胺、后叶催产素的分泌情况,以及皮层丘脑非特异性投射系统活动情况等等。随后根据所收集到的数据,综合双方的情感经历、行为偏好、情绪模式等,精确地预测出两人在一起的未来图景,号称准确率高达 98.99%。

当时接待我的是 Juliet,她热情地向我介绍了科学相亲的原理,并为我戴上了各种各样的仪器。随后,我就开始了漫长的相亲。

Juliet 告诉我,这种相亲还有一种好处,因为只须进行短暂的交谈就足以提供预测所需数据,相亲的效率就被大大提高了,人们再也不用经过长达半个月的时间来确定对方是否适合自己,而是只须花上短短的 10 分钟,就能一眼看穿两人的未来,好坏一目了然。

言归正传,那天我一共见了 10 个人,他是最后一个。在见他之前,Juliet 已经向我展示了机器提供的 9 份预测结果。

9 份预测结果有好有坏,总的来说,情况还算不错。

"3 号的预测结果是最好的。"Juliet 兴奋地读道,"你们将会有一个儿子,一个女儿,都长得非常可爱,你们的生活是田园牧歌式的,平静而不乏浪漫,你们的父母将有 98% 的概率为这门婚事感到骄傲,因为你们感情很好,而且门当户对,你们将成为亲戚朋友中的婚姻典范,你们的离婚概率低至 0.83%。"

"不瞒你说,我在这工作了这么久,这是我见过离婚概率最低的预测!"Juliet 一脸激动。

我一方面为这个数据感到惊讶,另一方面则有点茫然:"额,3 号对象是哪个来着?"

我继续翻阅着预测结果："啊，我觉得8号不错。"8号预测结果上写着：你们将拥有一段极其浪漫的爱情，其动人程度堪比韩剧，你们不管走到哪里都会成为众人注目的焦点，因为你们的恩爱气息已经突破天际。如果非要说这段感情有什么风险的话，那就是你们可能会受到来自单身狗的一万点恶意，但那又怎样？你们就像爱情童话中的公主和王子，将过上幸福的生活，你们的离婚率低至5.17%。

Juliet点点头："这个也不错，虽然离婚率稍微高了些，但是看起来好浪漫啊！"

翻完所有的预测结果，我觉得其中有好几个都是不错的选择，决定把预测结果拿回家给长辈看看，再做决定。

"等等！我竟然漏了一个相亲对象。"Juliet一拍脑门，"你看我这记性，还有一个10号在外面等着呢！"

那时候，其实我已经有点累了，但想着既然来都来了，还是把所有人见完吧。于是，我重新戴上仪器，等待着10号相亲对象。

他就是在那时出现的。

在超时交谈了30分钟后，我们决定在一起。

可笑吗？当时的我们是多么草率和冲动啊。其实我们又有什么能力决定谁是真爱呢？我们甚至连生活中最小的矛盾都解决不了，我们都懦弱又平凡。可是在那一天，鬼使神差般的，我就是知道我喜欢他。我连心率检测报告和脑电波折线图都不需看，就本能地明白了一切，我明白自己当时的心跳意味着什么，明白那天难得的晴空意味着什么，也明白在此之前的漫长孤单意味着什么。

我们欣喜地告诉Juliet，不用再看预测结果了，也不用再预约下一轮的相亲了，我们已经决定了要在一起。

Juliet既惊讶又欣喜，但碍于规定，她还是劝我们看一看预测结果。

"好吧。"我们相视一笑，等待着那结果的到来，当时我们都盲目地自信着，相信自己将看到一份出奇好的结果，毕竟，蓬勃的多巴胺和荷尔蒙激素在那摆着呢。

Juliet 拿起机器打印出来的结果，脸色变得有些沉重。

"怎么了？"我有一种不好的预感。

"预测结果……"她欲言又止，"我也不知道怎么会这样，我从来没遇到过这种情况。"

"是离婚率很高吗？"我有点发慌，但仍然假装着不在意地说，"没关系，我觉得30%以下都不算高。"

Juliet 表情复杂地摇摇头，把那张纸递到我们的面前。

纸上只有四个字：无法预测。

"这……这是什么意思？"

"真的很抱歉，我也不知道这是什么意思，我会马上帮你们联系仪器的研发部门，看看是不是机器故障……"

无奈，我们只好带着满心的忐忑和焦虑离开了爱情预测中心，等待着消息。然而，Juliet 却再也没有联系我们。

我想，那预测结果是不是一个警告呢？也许，我们之间根本就没有未来，所以才导致机器无法计算……

可是我们还是在一起了，我们不顾一切地相爱、热恋、结婚，把那个预测结果抛到了脑后。

而现在，我的面前摆着冰冷的离婚协议书，好像在嘲笑着我，嘲笑着我们当初的盲目乐观，也嘲笑着这两年间所有的快乐和缱绻。

我想，你们欠我一个解释。我承认，我不顾预测结果盲目结婚是不对，可是你们有没有尽到自己的责任呢？你们根本没有向我们说明预测结果的含义，而是放任我们在一起。这对你们来说，或许是多了一对成功结婚的案例，可是你知不知道，对我们当事人来说，却可能是后半生的痛苦回忆！现在我们要离婚了，贵公司不觉得你们要负相当大的责任吗？

我希望你们给我一个解释。

林小姐

林小姐：

　　很抱歉造成了你的困扰。其实我一直衷心地希望你们能够好好地在一起，没想到事情如今会到了这个地步，对此，我们都觉得很遗憾……也许科学相亲是一个错误，也许，我们根本就不应该发明那个机器。

　　对不起，我们欺骗了你。

　　事到如今，我决定告诉你事情的真相。其实，科学相亲并不存在。

　　你一定会问，可是那些机器呢，那些心率图、苯乙胺、什么什么催产素，那些数据不是都很清楚的吗？

　　林小姐，其实，机器真正监控的，只是你们对彼此的好感度。根据不同的好感度，机器会进行不同强度的"图景描绘"。

　　比方说，在预测中为你们描绘一个稳定而和谐的未来，以提高你对这段感情的信心；强调你们是多么般配，以提高你对对方的兴趣……好感度比较强的只需要稍微加一点渲染，起到锦上添花的功效；而好感度一般的就需要花大力气描绘迷人的美好未来；要是好感度实在太低的，我们也就不强行提高了，顶多只能给一些可有可无的描述。看过这样的预测结果后，当事人总是能对几个相亲对象产生特别高的好感度——我们超高的配对成功率，就是这么来的。

　　最终的决定权还是在客人自己手上，我们只是尽可能提高你们的好感度而已。

　　当年你和10号先生的爱情之所以无法预测，正是因为你们的好感值太高了。

　　对于那些好感值一般的，机器会有针对性地描述未来场景，以提高好感值。可是你们从一开始就对彼此产生了接近极限的好感值，你们对在一起的未来是有无限想象的，不管机器给出什么预测结果，都会限制你们的这种憧憬和想象，这样反而会降低原有的好感值。在这种情况下，机器给出的结果只能是"无法预测"。

在某种程度上可以说，所谓的无法预测，其实反而是最好的预测结果。不管是谁，能遇到这样的人都很不容易。我们虽然没有再联系过你，可其实都期待着你们能一直走下去。

林小姐，其实从来都没有所谓的爱情预测。我唯一能肯定的，就是当初你们对彼此的喜欢，是真真实实存在的。在那之后的事情，没有谁能预测，连你们自己也不能。因为爱情不是可以被描述和量化的结果，它只是你们共同走过的路程。

如果双方都有继续在一起的心，愿意付出努力的话，就算是最差的结果都能变好，如果没有，就算预测出再好的结果也没有用。

事到如今，我只能对你说，与其相信机器，不如相信自己的内心吧。

爱情预测中心

我读着爱情预测中心寄来的信，不知不觉间，泪水模糊了双眼。那一刻我仿佛置身时间的洪流，突然间看清了很多东西，也明白了当初的自己是多么幼稚勇敢，后来的自己是多么愚蠢自私。

不管怎样，我至少明白了一点：在此刻，我依然如第一次相见时一样爱着他，今后的路或许并不容易，但我愿意为此付出一些努力。

忽然，手机响了，是他。

熟悉的声音从话筒里传来，没头没脑的："不要签字，好不好？"

我的泪水终于夺眶而出："好。"

时光邮局
采月之滨

时光邮局服务说明

  作为本市唯一一家树洞机构，时光邮局以代客存放及转寄信件为职务，初心在于封存记忆，收藏情感。您可以简单吐露烦恼，也可以将暗恋心事寄给某人，但请放心，我们只有在收到双方来信，并确认两位互为爱慕对象时，才会为你们转寄。在此之前，告白信件将寄存在时光邮局。

  衷心希望各位都能得偿所愿，收到期盼的回信。

❖ 言小姐的信 ❖

时光邮局：

您好！第一次写信有点紧张……

一直听说有这么一个机构，对我来说还真是贴心。像我这种话多的人，跟别人讲害怕打扰，憋在心里又实在难受，在信里絮叨一下，还不错。我知道这封信被寄出的概率不大，但还是想对你们讲讲我的故事。

我的宠物叫阿金，是一只五彩金刚鹦鹉。噢，我这个人啊，特别喜欢彩色，无论是穿衣、用品还是家装，统统五彩缤纷。比如我的家，每个房间的墙壁都刷了不同的颜色：客厅是浅橘红，厨房是柠檬黄，卧室是海水蓝，餐厅是霓虹紫，一走进去就像进入了童话王国。

我知道我26岁了，但这只是个人爱好嘛，谁说大人就不能亮丽活泼了？

那天天气很好，我突然想带阿金看看外面的世界。天真蓝，我都忍不住蹦蹦跳跳的。阿金被我用绳子系在肩上，好奇的小眼睛也四处张望着——是有些忘乎所以啦！

还没走多远，我们就撞上了前面的人，看着对方痛苦的表情，我想刚刚踩他那一脚肯定不轻。

阿金被这一撞吓飞了起来，飞行绳竟然脱落了，它扑腾了两下落在远处的龙爪槐上。我刚准备小心翼翼地走过去抓它，谁知道那男人的边境牧羊犬突然横冲过来，阿金竟然被吓到飞走了。

我急得要命，要他和我一起追。谁知那人一点愧色都没有，还振振有词地说："你不也没系好飞行绳吗？再说是你先不看路的，我的脚差点被踩断了你知道吗？"

我这才仔细打量他——外表西装革履人模狗样的，内心却这么冷漠又可恶。但那时他急着去办事，我急着追阿金，也就这么算了。

第二天物业打来电话，说我的鸟落在一位业主严先生家里了，我匆匆赶过去一看——那个冷漠男正在单元门口等着我。

他见了我，头一句就是："一大早就看到一只鸟停在阳台上，五颜六色的。"语气里带着嫌弃。

怎么会有这么讨厌的人啊，不过进了他家，我才知道对于一个怪人来说，他这些表现实在又显得很正常。

这人的居所，基本只有两个颜色——黑与白。极简的装修风格：白色的地砖，黑色的大理石台面，黑沙发白窗帘，这时再看到他养的边境牧羊犬，才感受到这位先生的偏执。

不管怎么说，阿金没事，心情好的我不跟他一般见识。

第三次见到他是在一个烦人的天气，天空下着太阳雨，冷也不是热也不是。

如果不是阿姨再三要求，我才不会和相亲这种事产生任何的关系。去之前我连对方什么情况都不知道，想着反正只是应付罢了。

总之这天什么事都不顺意，打从走进餐厅我就带着气，结果一抬头就看到了他，我俩对视时脸上的表情一定很精彩。阿姨还多次强调对方一定适合我，哪里适合？就因为他是个男的吗？

介绍人阿姨不知为什么还没走，好像非要看着我俩聊起来才放心。

她说："多有缘，你们俩一个姓欸。"

"不是！"我和他同时回答。

既然是相亲，过场总要走一下。我先把喜好列出来："我喜欢运动、喜欢旅游、喜欢吃一切美食，尤其甜甜的。希望男朋友是个博学的人，最好和我一样开朗，不活泼也千万不要死气沉沉。"

句句冲着他去，我是故意的，但也都是实话。

没想到严先生也说："我喜欢安静，宁可待在家里看书也不要出门人挤人。我平时健身，糖分过高是大忌，重油重盐也不要。女朋友嘛……文静稳重一点吧，内外利落，简简单单就好。"

我说那么多，谁知道他说得更多，我俩桩桩件件都不搭，这本是意料之中的事。

"那我回去了。"我如释重负。

"一起走吧。"

我才想起跟这家伙住同一个小区。

走在路上，我越想越不甘心。刚才的对话并没占到上风，走在他身边总想多出一口气。我侧过脸看他，好高，还要微微仰头。顺口说："我不喜欢太高的男生，麻烦。"

严先生闻言也微微低头看我，他说："我也不喜欢太矮的女生，累赘。"

我气得要命，恨不得当场大喊一声才能解气。

过马路的时候看到斑马线，突然有了好主意，我告诉他说："如果能只踩白线，那这一天就会有好事发生。相反如果一条白线都不踩，就会倒霉。"

严先生不理我，看都不看脚下就迈开长腿乱踩一气，我追上去喊他："喂，你真的一条白线都没有踩到哦！"

他动作一滞，马上低头去看自己的脚，那憨憨的样子令我大笑起来，他瞪我，说了句"无聊"。

我计谋得逞很是得意："无聊你也信了。"

路过地下车库时我故技重施，说这里面沉积的空气会让人产生负面情绪。严先生这次严防死守，对我的话彻底充耳不闻。

"你憋气了吗？"我问他。

"没有。"

啧，这人白长了一张好看的脸，却从来都不会笑，话语也寡然无味，偶尔多说一两句，还都能把人气死。

但是有一件事真的很有趣，严先生虽然表面上很烦我的捉弄，心里一定也不平衡，走到单元门口，突然对我说："在电梯里全程憋气许愿的话，愿望会实现。"他的语气相当正经，表情也很严肃，我忍着笑说："八百年前的老段子了。"

他一本正经地说："爱信不信。"

"那你要不要试试？"

他又一本正经地说："我没有愿望。"然后头也不回地往楼里走，我大喊："八楼，你根本就是憋不住！"

看到他脚步微微停顿了一下，我就知道他在意，我这人真的很喜欢恶作剧，加上之前的气还没出完，没多想，看着他进了电梯后，我马上开始爬楼。

终于早他一步到达，电梯打开，严先生出来的第一件事就是大喘气，爬了八层楼的我也大喘气，我俩面对面气喘吁吁。我一边喘气一边笑得直不起腰，严先生脸红到脖子根，还要摆出非常愤怒的样子质问我："你怎么在这里？"

"我爬楼梯啊。"我心中充满快乐，"就想看看你出丑的样子。"

"你是不是有病？"

"你许了什么愿？"我问他。

"许愿再也不要见到你！"严先生逃也似的钻进自己家门。

回家的路上我心满意足，至于这次相亲如何交差，就让阿姨问那个严肃先生去吧。不过他倒是有点可爱，我大人有大量，过去的事情就不计较了。

第四次见面是在福利院，因为我从小没有妈妈，和父亲的关系也不是很近，所以蛮喜欢亲近小孩子，我想既然自己缺失的东西永远不可能再找回来，那就尽可能给予别人吧，如果我有这个力量的话。

听院长说我们本没有安排在同一天到访，今天是他恰好来给小朋友送画材。我到的时候他刚巧准备走，哼，擦肩而过的时候还要冷冷看我一眼，一句话都没说。

我当然也不跟他打招呼，斤斤计较的男人，没准还在因为上次被我捉弄而生气。

上次的相亲，我们还假惺惺加了彼此的微信。我没事做的时候会随手翻翻。严先生的朋友圈和他本人一样寡淡，只有一些古典音乐的分享。这人还真神秘，完全无法从任何角度了解他的生活。

某天他分享了一幅画的照片，莫名吸引住我的眼睛。画布被深蓝色轻柔地填满，一尾小鱼孤独地定格其中，呈现出努力游动却又难以前行的无力感。

我盯着那幅画看了很久，严先生给这条朋友圈的配文是"止步在遥远的时光之境"。很熟悉的感觉，这"小鱼"很像海豚，又像是……我忍不住发微信去问他："那是海豚还是鱼龙？"

严先生回道："是在白垩纪就已灭绝的鱼龙，所以才被海洋彻底定格，无法再向前多走一步。"

果然。

"那很孤单啊。"我说。

"是的，它的孤单是静止的。说起来，其实每个人都把自己的一部分定格在某刻了吧，就像鱼龙一样。"

这话题略显沉重，我突然有些胆怯，不敢再和他说下去。

那几句对话似乎戛然而止，却又同时戳到了我和严先生的内心，所以关系莫名地发生了微妙的变化。也是从那时才知道原来严先生是画家，后来我偷偷去看他的画展，很长时间内无法把眼前缤纷的色彩与那黑白色的房间联系起来。

但看得多了，突然又觉得很有共鸣，那些画虽然透露着一种冷清的感觉，但仿佛在说无所依靠却并不可怜，每个人都可以在小世界里怡然自得，像是我。

为什么明明身处色彩之国，却要选择黑白？此时我已经不再好奇，每个人都有和自己相处的方式，这世上原本没有怪人。

福利院我们依然去，但错开了时间。小区里偶尔遇到，也只是礼貌地点头问好。

相互之间客气了，却似乎比互相讨厌的时候更加疏远了。

我们都明白我们根本就是截然不同的两种人，无论从哪一个角度来看。

如果说从那次相撞开始，上帝之手作弄般把我们的生活强行交织在一起，那之后的两年里，那双手又把我们送回了各自原本的轨道。我变得忙碌，去福利院的次数骤减，他好像也不再遛狗。明明就住在一个小区，却基本见不到面了。我没想过之前避之不及的关系，如今却要靠努力才能维系。

是的，我总忍不住要找他，以最新的画展为谈话的由头。而他似乎也只对画画感兴趣，只有提到美术才会稍微多说几句。挺累的，但我还蛮不想和他断绝联系的。

虽然不想承认，但自从收到他的消息突觉欢喜的那一次，我就知道大事不妙了。

我喜欢的一首歌，第一句歌词就是"曾在世外寻你，这天终可碰到你"，常常幻想，在漫漫的生命旅途中，最终我会碰到谁，他是个怎样的人，和我能达到多高的契合度呢？

说到契合，无论怎么想也不应该是他呀。

可恶的爱情是那么没来由，我盼望着它能随着时间慢慢消逝，可它却偏偏日渐浓烈。

26岁的我开始做小女生的事——我写了一本日记，放在福利院的书架上。希望他能无意间看到，能对我的心事有一星半点的了解，可他一次都没有提起过。于是我既希望他能看到，又安慰自己他只是因为没看到才不找我。

我忍不住频繁地发朋友圈，希望给他看我生活中的一点一滴。但是，很多瞬间的美好是相机捕捉不到的。类似这样的时刻我总会想，如果他在我身边就好了，只有他和我的双眼一同看到的画面，才最为完美与真实。如果他在我身边，我也就不会再想和其他人分享，他看到就够了。

　　这些年自以为是的潇洒开始动摇，自卑如同潮水一般袭来。我想，他喜欢黑白是因为已经看透所有色彩，包括我。他把色彩藏在心里，像个大人嘲笑孩子一样俯视着我的肤浅张扬。爱的感觉越真切，越频繁地想起他自律的要求：吃着小蛋糕的我会突然愣住，想到他对饮食的克制；蹦跳时会突然停下，想到他喜欢沉稳的女孩子；照镜子时感觉自己是个小矮人，看一会儿就气得背过身去。

　　某个下雨天我站在窗前，瞥见严先生高挑的身影。他正打着伞，慢慢走在小路上。依然沉默，依然严肃，散发着拒人千里之外的气质。我看到他偷偷踩了一下水洼，又心虚地回头张望，我看到他把伞转起来，用手去接甩出的水珠。

　　你会不会觉得可笑？这些都是好小的事情，却把我的心融化了。

　　所有人都认为他严肃又正经，只有我发现他的可爱。

　　我 26 岁了欸！不是在课堂里暗恋男孩的年纪，如果犹犹豫豫，没过多久收到人家的结婚请柬怎么办？可是要怎么开口呢，我们连话都没说过几句，严先生如果问我为什么会喜欢他，我要怎么说呢？

　　朋友跟我说这座城市里只有一间时光邮局，所有有心事的人都可以写信给你们，如果暗恋的那个人同样有投递信件的话，邮局就会为双方交换信件。

　　好希望有一天能在邮箱里看到严先生的信啊，但是他那种性格的男人，写信恐怕不太可能吧……

　　但投递了这封信，也给自己投递了希望，我等着。

严先生的信

时光邮局：

展信佳。

真没想到有一天我也会做这样的事情啊……给时光邮局写信什么的。

不过两年来真的很苦恼，也不知道该向谁说，现在实在是无法忍受，只好选择这样的方式说说心里话。

我的世界很小，也无比简单，这么多年独来独往惯了，无形中有了特定的生活方式。工作中和各色颜料打交道，生活便只愿与黑白为伴。感觉人间百态已经足够复杂，我的日常则只需要简单。

言小姐可真奇怪啊，我以为只有十几岁的孩子才会热衷于生活中的游戏，尤其是对待素昧平生的陌生人。而她似乎乐此不疲，初见面就捉弄了我好几次。

大概伊德吓跑了鹦鹉，真的让她很生气。

我以为成年人生起气来都很可怕，没想到她这么可爱，几乎要把我吓到了。

她的穿着打扮也像个小孩子，走路很爱蹦蹦跳跳的。言小姐经常打量四周，以为没人看见，其实楼上的居民完全可以看得一清二楚。

我以为这样的女孩大概会是幼师之类的职业，直到在一本科普杂志上看到她的名字。那篇论文的标题是《趋同进化——遗传学上的"貌合神离"》，署有言小姐的名字和照片，照片上的她依然是笑笑的，一点不像个科研人员的样子。

那时我才发现对于人的内在，我的揣测太过肤浅了。

那篇文章大致是在阐述海洋生物鱼龙与海豚的区别，文如其人般灵动，言小姐把科普活活写成了诗。其中有一句给我留下了很深的印象——"外表相似而本质截然不同,就好比一棵藤蔓上挂着的可能是果实也可能是月亮,只有细观才知真伪。"

还记得那天我拿着画笔,仰躺在沙发上细细品味这句话,仿佛有一轮圆圆的明月落在心上。

我在夜晚把这小动物画了出来,并忍不住发到朋友圈去,她真的看到了,发来消息问我那是鱼龙还是海豚。

我说:"是鱼龙。"心里憋着欢喜。

她说:"我看到两对鳍翅,还以为你画错了海豚。"

我有些忍不住得意地回答:"怎么会,做过研究的。"

可言小姐好像并没猜到我看了她的文章,只是感叹道:"白垩纪就已灭绝,感觉很孤单啊。"

"是的,它的孤单是静止的,其实每个人都把自己的一部分定格在某刻了吧,就像鱼龙一样。"我一时感到亲切,把创作时的心情和盘托出,但她没有再回答。

的确是我太冒昧了。

我是个很呆板的人,从小按部就班,一切都由父母安排。唯有画画这件事,是我遵从内心最大的坚持,当然,也付出了不小的代价。家人希望我学习法律,以后做个受人尊敬的律师,我却偏要进美院,因此大吵一架,到现在都没有得到他们的原谅。不过我从来无悔自己的选择,现如今解决温饱已经没有问题,并慢慢办起了个人画展,我知道未来会越来越好。

但偶尔也会佩服言小姐这样的高才生。我知道要获得丰富的知识,必然得付出巨大的努力,那钻研过程的辛苦是我无法想象的,而在理科思维下仍未抛弃的这副柔肠,更令我深为感动。

我过去是不怎么看朋友圈的,对一切社交软件都甚少关注,可她写诗,又时而分享日常,让我忍不住一次又一次拿起手机。

在福利院的相遇让我非常惊喜，但无法表现出来，我们好像还是有着过节的关系吧。之后的时间都错开了，她也不常来，再也见不到了。只偶然地在图书角看到署名言小姐的随笔，很想看，但那大概是人家的隐私，我只好把这冲动忍耐下来。

在每一个小朋友们进入梦乡的午后，我常常来到图书角，斜靠着书架静静坐一会儿，在脑海中猜测她写了些什么。我猜了很多，但想必与真实情况截然不同。她和我完全不是一类人，以我的思维方式和生活逻辑是无法揣测她的感想的，我只是胡乱去幻想，幻想着她也许会在记录精彩生活时偶然提到我，当然，大概是骂我几句。

我常看她写的诗，每一首都把我带进一个奇异的梦境，梦境里有色彩，是我过去从未望过的方向。因为她的诗，我便常常能画出画来，我开始把它们一张张发到朋友圈，言小姐常常会来问我，我猜她可能想学画画。

奇怪，每当她找我时我都开心得要命，努力把自己知道的绘画知识都讲给她听。不曾想过，我也会如此热情，并且是对着一个不相熟的女孩。

过马路的时候，不由自主踩着白线走，回过神来把自己都吓了一跳。如果这样做真会带来好运，看在我把画架搬到阳台的份上，能不能让我多看到她几次呢？

朋友圈是了解她的唯一途径。言小姐真的很活泼，闲暇时间四处去玩，拍下每个角落的小风景。我很懒，平时几乎不出门，宁可在沙发上看完整本书。而现在，我的视线却不自觉跟着她到达了许许多多个地方。慢慢的，我也试着开始晨跑、爬山、打壁球。她说过喜欢法国，我还着了魔一样自学了一些法语。

不过没机会用到了。

我喜欢阴雨天，是因为下雨的时候行人少，外面十分安静。而言小姐说过她喜欢风和日丽的大晴天，呵，我们没有任何一个地方相似。在某个雨天，我出门购物忘记拿手机，回来后迫不及待去看是否有她的消息。没有私信,但她发了一条朋友圈。

"想跟别人分享你的可爱,又怕被别人知道你可爱,这是我一个人的宝藏。"

我不知道她在说谁,总之绝对不会是我,"可爱"这个词向来和我挂不上任何关系。无论说谁,看来她都已有意中人。雨还在下,稀里哗啦恼人得很,我看着窗外,突然觉得一点都不喜欢下雨天了。

当初那只不请自来的五彩金刚鹦鹉,就像在我黑白的生活中破开的一个口子,让什么东西蛮横地闯了进来。我花了很久才明白,那东西叫作喜欢。可当我终于心甘情愿打开窗户,迎接它飞进来时,它却栖息在了高高的树上。

树木才会是它的选择,我一开始就应该懂的。

我曾试图用看电影来分散心情,却发现这世界到处都是爱情,无论我换到哪个类型的影片,爱情都会冷不防冒到我的面前,像她的恶作剧。那些角色的一言一行都带着她的样子,最可笑的是,当我写下"一言一行"这几个字时,一样逃不过想起她。

"奔三"了,一把年纪还遇到会令自己心动的人,真是最大的福气。可当我看到完全置身于另外一个世界里的她,不断被提醒这爱的遥不可及,又实在过于残忍。

好想告诉她,她就是我的灵感。我想把所有美好的事物都画下来送给她。

如果她没有喜欢的人该多好。

做这种幼稚的事……我从未期待过回信,只是把心情寄存在这里罢了。

严

◈ 时光邮局附信 ◈

　　首先恭喜二位收到了回信。
　　趋同进化是说，由于生存在同一类型的环境当中，从而演化出了相似的外形特征。这种相似性仅限于表层，实际上二者亲缘甚远，本质截然不同。
　　那么二位的关系，恰恰与此相反，看似差异甚大，却有着无比贴近的灵魂。
　　两年来言小姐多次投递，而当我们终于接到严先生来信的时候，所有工作人员都忍不住欢呼起来。两年时间，说长不长说短也不短，对于加起来快要六十岁的你们更是十分的珍贵。
　　说起来，二位都是成年人了，难道还不能明白勇敢的重要性？哪怕希望渺茫，也不要余生后悔。
　　终于又完成一次双向互递，两年来操碎了心，看看，我们都开心得语无伦次了，如有冒犯，还请见谅！
　　还有，发放结婚请柬的时候，请别忘了我们。

时光邮局

死神的最后一封信

囚士猫S

嘿，小婉，或许你永远都不会看见这封信。

谁又想收到一封来自死神的信呢？

那天我路过你窗外时，看见你的手腕被刀子划破，血流了一地，我就帮你包扎好了伤口，还顺手打了个小小的蝴蝶结。

你醒来却边哭边骂："死神，你是不是玩我啊！"

哎，真不明白你为什么会那么生气。

你眉头一皱，我心里也跟着拧了疙瘩，委屈巴巴地抱着镰刀："你怎么哭了，是蝴蝶结系得不好看吗？"

你听到我的自言自语，颤颤巍巍回过头。

我把手中的镰刀向身后藏了藏，生怕吓到你，可下一秒就被你提在了手里，哦，我忘了，我现在身高只有二十厘米。

"死神这么迷你么？"你随便抖了抖手指，我的世界就昏天黑地。

"我受到了惩罚，只有完成任务才能变回去。"

你大概是觉得我好欺负，恨不得用眼神把我撕碎："你一个死神，干吗拦着不让我死？"

"可是……你的死亡时间应该在五十年后啊。"我小声反驳，局促的双手不知道该放在哪里，直到连你养的金毛道格都看不下去，从你的手里把我救了出去。

接下来的两天，我寸步不离地跟着你，以防你"过早"死去。

你上吊，我就把绳吹断；你投湖，我就把水抽干……好一番折腾，你终于放弃了寻死，每天无所事事地瘫在床上，偶尔起来动一动，不想干的事统统丢给我。我也不生气，只要你活下去，要我做什么我都乐意。

我挥舞着比我还高两个头的水果刀，切好西瓜放进你碗里。

你原封不动把西瓜丢给道格，道格吃得很开心，还舔了我两口。

或许你今天不想吃西瓜，那就换成草莓吧。

你皱眉，说不想吃有籽的草莓。我就坐在茶几上用镰刀一颗颗刨着草莓上的籽。谁能想到用来收割生命的镰刀终有一天会被拿来处理水果？

也许是我的举动勾起了你的某段回忆，你拉住了我的镰刀："你哪里是死神，明明是忠犬吧？"

我往黑袍上蹭蹭手上的草莓汁："对你好一点，或许你就不会想死了。"

"活下去又如何？"

"让你活下去，就是我的任务。"

"哦。"你眼里的光慢慢暗淡，捏碎了手中的草莓，"那你……知道我为什么想死吗？"

你没有理会我是否摇头，自顾自地说起了自己的故事，你和文生的故事。

故事的开头像所有爱情一样甜蜜，你调皮可爱有点小脾气，他踏实嘴笨不太会哄人，你生气了就叫他给草莓剔籽，可每次看见他穿着大背心、胡子拉碴儿地蹲坐在沙发上，拆定时炸弹一般小心地处理着手中的草莓时，没剔到四分之一你就气不起来了。

你以为你们会像故事里那样拥有一个美好的结局，直到三天前你撒了个娇让他深夜来找你，却在一小时后收到他车祸的消息。你用力拍着已经变形的车门，他却无法再作出任何回应。

你低下头，让我无法看清你的表情："他挺怕死的，要是我去陪他的话，他应该就不会害怕了吧。"

我假装认真思考了一番："也许他正在天堂左拥右抱呢，也说不定啊。"

你终于笑了，阳光终于自乌云后绽放。那晚你跟我讲了很多，我就坐在你肩头静静听你呢喃："如果我没有撒娇让他来陪我，他还活得好好的，死神你能不能替我问问他有没有怪我……"

"他哪里舍得。"我为你拉上了被子，看着你进入梦乡。

这是几天来你睡的第一个安稳觉，均匀而平和地呼吸，像个孩子。

我来到人间已有四日，留给我的时间有限。

我的任务不止守护你这一个，确认你睡熟后，我跳上道格的背，偷偷溜出了门。

人间的一切都是那么陌生又熟悉，我几经辗转终于找到了目标，我悄悄跟在那人身后，只要我轻轻挥动镰刀，高楼上的广告牌就可以掉下来将这个人拍成肉饼。但犹豫再三，还是没有下手。

算了，反正还有几天，先解决你的问题。

生活没有意义就再去找，爱情没了就再去碰，我一定要在剩下的时间里，让你重新找回活下去的动力。

第二天一早，我拖着睡眼惺忪的你起来跑步，自己则坐在道格背上，像极了保护公主的骑士。运动既能让人找到自己，又能接触新的世界。

"哎呀，长椅上坐的那个哥们长得挺帅的，我把他的帽子吹到你手里啊……"

"不喜欢啊，遛狗的那位看上去挺老实的，我叫道格过去搭讪。"

不管我怎么碎碎念，你都假装听不见，可我作为一个死神怎么可能被轻易难倒："下一个街角你会撞上一个男的，他……"

你的鬼脸还没对我做完，就和街角跑出来的男子撞了个满怀，你揉着八成是崴了的脚，心里肯定在骂我。

"姑娘，你没事吧？"他伸手扶你起来。

你愣住了，我知道你是看见了他拇指上的痣，和文生手上的如出一辙，甚至连他脸颊上的酒窝都和文生有些神似。

崴了脚的你没有拒绝那个男人送你回家，他背着你，你牵着道格。他看见道格背上的我，还禁不住"呦"了一声："这狗背上的骑士没有保护好你啊。"

要不是我略施法术，你怎么有机会背着美女？可惜我现在只能装作玩偶，无法反驳，道格替我愤愤不满地吠了好几声。

你有些脸红："这狗有些认生，不好意思。"

我坐在狗背上，斜眼看着你们，心里说不出的酸意。

那个男人仗着是和你住前后楼的邻居，下班就要来看看你，美其名曰照顾不方便动弹的你，体贴得连我这个忠犬死神都没了用武之地。

你推脱不过，留他吃晚饭，还把我和道格关在了另外一个房间里。

我望着紧锁的房门心里七上八下，道格在我身边不安地摇着尾巴。

时间在等待中被无限拉长，不知过了多久，你终于打开了门，一瘸一拐地收拾着桌子。

邻居已经走了，你讲述着刚刚的晚餐："他厨艺不错，红烧牛腩火候炖得刚刚好，他还很幽默，整顿饭都不觉得无趣，他还约我明晚去看流星雨……"

我心里酸酸的,跳到水池旁帮你,却看到你眼角滑落的泪滴:"可是,他不是他。"

你的泪滴砸在我的心上,溅起了无数愁绪。餐桌上你和文生的合影被扣了下去,我伸出手想替你擦干泪水,却连你的肩膀都够不到。

"小婉,你该向前走了。"我说的又何尝不是自己。

窗外一个黑影在向我招手,我知道我的时间所剩无几。

读到这里,或许你应该知道了,我不是什么死神,而是已经死去的文生。

所以我才会对你百依百顺,所以道格对我毫无戒备。

那天我在赶来看你的路上,为了躲避一个醉驾的司机出了车祸,我不愿就这样离开,我还没有跟你告别,于是用灵魂和死神换来了七天时间。

死神把黑袍和镰刀借给了我,让我能在人间如常往来,可没有灵力的我根本无力支撑,所以被压到了只有巴掌大小,甚至无法在你睡着的时候偷偷拥抱你。

我悄悄溜到阳台,推开窗,黑影慢慢具化成了死神的模样:"我答应你的事,依旧算数……"

死神说如果我能替他收取到一个灵魂,他就把我的灵魂还给我。

回到人间我的第一件事就是来看你,却看到你划开了自己手腕想随我而去,我无心再理会什么任务,只想一心陪着你。

我也曾去找过那个害我出车祸的醉汉,我怨恨他,可始终还是无法带走他的生命,我知道,你不会喜欢那样的我。

可是死神这次带来了新的合作方案:如果我愿意的话,我可以一直陪在你身边,只要我不停地为他做事。

敷衍着送走了死神,我坐在床边彻夜难眠。

你最终还是答应了邻居的邀约,一起来到了郊区的一座小山,这里是流星雨的最佳观测点,也是我们曾经相识的地方,我们就是在这里捡到了迷路的道格。

或许是命运的安排，在等待看流星雨的人群中，我竟然看到了那天酒驾的司机，他此刻正站在山崖边发呆，是为我的死亡而愧疚么。原本我还在犹豫是否要出卖自己，换来留在你身边的机会，看来上天早已经给了我答案。

鬼使神差地，我走到他身后，只要我轻轻施法，他就会从山坡上滚落丢了性命。

镰刀柄在我手心攥出了汗。

就在这时，一个女孩挽住了他的手，将他从沉思拖回了现实。

那女孩梳着简单的马尾，和刚刚与我认识时的你有些相似，如果他死了，这个女孩会不会像你一样伤心呢？

我回头望向你，太阳落山，气温渐冷，邻居正将外套披到你身上。

最终我还是收起了镰刀。

我知道，即使我在这个世界继续徘徊下去，也无法是那个为你添衣取暖的人了，我们是时候说再见了。

一颗流星划过天际。

人群开始骚动，有人说流星能把你想说的话带到那个不属于人类的世界。

更多的流星从天空划过。

"我爱你啊！文山！再见啦！"你跑到山崖旁，用尽全身力气向天空呼喊，任凭自己泪流满面。

"再见啦！"我摸摸道格的头，跳下它的背，道格意识到什么，呜呜咽咽咬着我的衣角不让我离开，我训斥了它几句。

临走前，我看见邻居站在你身旁，轻轻拍着你的肩膀。

时间一天天过去，你会重新开始打扮、约会，慢慢言语里也有了欣喜，和另一个他的踪迹。

然后毫无意外的，你又坠入了爱河，开启了一段全新的人生旅程，他应该会对你不错，唔，虽然我不怎么喜欢他。

可是那一切，又都与我无关了。

原谅我没有当面与你道别，我无法经历两次与你的分别。

七日时限已到，我把衣服和镰刀还给死神，我的灵魂也将慢慢化为虚无。

"值得吗？"死神问。

想起你慢慢有了笑容的脸庞，我毫不犹豫："当然。"

永远爱你的小死神

给最后的温柔世界

文/题决

亲爱的世界:

我知道一个地方,那里荒草寂寂。所有的事物的终点都在那里,而我也要到那边去。我们生来都知道那里,却只有到了某个时候才会想起来它的存在。它甚至并不遥远,就在我们的城外,我们却找不到它,是因为它是"遗忘之地"。

昨天上午,我结束了自己最后一次运行,只有短短二十公里,因为大部分铁轨已经被拆除,所谓的最后一次运行,不过只是一个仪式罢了。蒸汽时代早已结束,我们这些蒸汽火车也终于被完全淘汰了。

新的科技一天天出现，城市的生命力从来不会被任何事物的消失所影响。一个时代结束了，像我们这些老家伙也只好承认自己不再被人需要。

我拖着最后的十三节车厢踏上通往遗忘之地的路程，在太阳还没有升起的凌晨，穿过城市中心。汽笛声叫不醒那些梦中的人，只有被遗忘的同类能够听到，他们纷纷走上街头。

第一个登上我的，是一个缺了口的杯子。

他实在太小了，以至于我差点儿没看到他。他很有礼貌地对我说谢谢，并羞怯地藏起自己豁口的一边。我告诉他现在我们不用担心再会划伤谁了，他才略略放松一些。

他曾经是一位父亲送给女儿的生日礼物，那时他被摆在礼品店的展柜上，骄傲又美丽。现在也依稀能看到他身上残缺的花纹，被岁月磨损得厉害。

"我身上拥有一个花园。"他含着微笑缅怀，"小主人最喜欢那些绿色的藤蔓，后来有一次不小心把我摔坏了，却也一直舍不得扔。最后怕伤到人才把我收拾到橱柜里面。因为时间太久了，才渐渐把我忘掉，前两天他们搬家把我找了出来。

"小主人已经长大了，她变成一个很漂亮的女孩，我几乎认不出她了。她把我从橱柜里拿出来看了好久，最后说这个杯子已经不能装水了，就把我放在小区的垃圾箱旁边。

"我并不怪她，能看到她最后一眼我已经很满足了。她桌子上放着一个我不认识的玻璃水瓶，那瓶子还挺好看的。"旧水杯拒绝了我让他留在驾驶室的邀请，说害怕弄坏东西，然后向最里面的车厢走去。

我再次拉响汽笛，顺着记忆中的方向行驶。没有人再给我的锅炉添煤了，车头也喷不出好看的蒸汽了。只有汽笛声，孤独地响着，然后消散在城市深夜的风里。

第二个上车的是一群旧桌椅。

他们来自旁边的中学。那学校重新装修了，丢弃了一批不能使用的木头桌椅，把他们堆在学校后门的墙边。他们就是在那里上车的。

曾经使用过他们的一定是一群爱吵闹的小屁孩儿，他们上来时就叽叽喳喳吵个不停，说着一些孩子们之间的无聊事。其中有一张桌子颇具威严，因为有个班长用过她，她便自然成了这些家伙的领队。她很有礼貌地向我道谢，用一种孩子式的认真态度。我告诉她随便找一个车厢休息，她又向我说了一遍谢谢，才招呼他们过去。

一只凳子悄悄留在队伍最后，他用爱慕的眼光看着在车厢门口维持纪律的领队，小声对我说："她真好看。"

我这才仔细打量那只桌子，尽管桌面已经坑坑洼洼，颜色却还算鲜亮，抽屉横边上粘着五颜六色的贴纸，有些已经模糊不堪，有些还很完整。

"你喜欢她？"我突然觉得有趣，在此之前我从来没有见过一只会脸红的凳子。

"嘘！你小声一点！"他吓得几乎跳起来，然后露出了沮丧的表情，"我配不上她。"

"我跟她是一个班的，她的主人是女班长，学习成绩好，人缘也好，她在第一排，每次课间都会有一堆人围着她说话。我在最后一排看着她，从来不敢过去找她。"

他自卑的样子可怜巴巴，我忍不住劝他勇敢一点。

"我不好看，我的一条腿被墨水涂成黑色了，还散架过两次，只要稍微走得快一点儿，我就会变成几根棍子和一块破木板。我不能让别人知道我喜欢她，他们会笑话她的。"其他的桌椅都已经陆续走了，他才慢慢一瘸一拐地向里移动。转身的时候，我看到他身上用涂改液刻着三个大写的英文字母，不知道是不是那位班长的姓名缩写。

你看，这世界到处都有爱而不得的人，卑微地存在着。我想起一位故人，曾经我也深深地暗恋着他，后来时间久到我以为已经把他忘了，这时他又突然从我的脑子里蹦出来，大肆宣扬着自己的存在感。

不过没关系了，我们已经是在驶向遗忘之地，所有的最后都会归属于那里，连同一切赤诚的感情都会化为这座城市的晨雾。

我在一盏昏黄的路灯下接到一台钢琴。

他很吃力地走上来，硕大的身躯使他看上去十分笨拙。他擦着汗冲我笑笑，问清方向，又笨拙地向里面的车厢走去。他不说话，只有怪异的琴声时而响起，多半是他在狭窄的走廊里碰到了障碍。

一只猫是我们遇到的第一位动物。

她很警觉，先是在外面谨慎地观望了片刻，然后才用一种轻盈的姿势跳上来。她舔舔爪子，很高傲地看了一眼车厢，然后卧在我的身边。

"你不进去休息吗？"我奇怪地问。

"有点儿远，我不去了。"她尽力做出一副满不在乎的样子，"我的左前爪受了伤，所以只好尽量让自己少走路。"尽管她的毛发已经蜷曲打结，她还是很努力地舔舐着，试图让自己看起来干净一点。

"你流浪多久了？"我刚问出这句话，便开始为自己的无礼感到后悔。

她明显愣了一下，然后用一种受伤的语气回答我："一个月。"

"为什么？"我还是没有忍耐住好奇。

"她以前对我挺好的，我脾气有点儿坏，她一直很容忍，我出去玩一天再回家，她也会给我准备许多猫粮，从来不责怪我什么。只是后来有一次我出去时不小心被自行车撞到了，她才把我抛弃。我这条腿也是在那时受的伤。"她举起的那只爪子，朝一个不合理的方向歪着。

"不过这毕竟不能怪她，是我自己太不小心了。她养我这件事本来家里人就不太同意的，我又受了伤，听说做手术需要一笔不小的费用呢。在那种情况下，她也实在是没有办法了。我平时被她宠惯了，被赶出来后也没办法生活下去，何况我瘸着一条腿。慢慢的，其他流浪猫也不理我了。大概也是报应吧，我从前过得太无忧无虑，该想到自己或许会有这么一天的。"

她尽量让自己看上去不那么可怜，说起曾经的主人时，语气也全是维护。她说完这些，对继续窝在这里感到很不自在，便起身到车厢里面去了。还是上车时的那种奇怪步伐,一条腿几乎不用力,很轻盈地跳跃着,尽量不让自己显出瘸态。

这大概是她最后的骄傲吧。

我深感自己的无礼莽撞,为自己伤害了一颗敏感的心而懊恼,因此直到下一位客人上车前都没有再说任何话。

在我即将驶出老城区时,一位老太太拦住了我,她是我今晚见到的第一个人类。我看着她颤颤巍巍走上来,想起往日的那些画面,一时不知是什么心情。

那些昨天还在大呼小叫,朝气蓬勃的年轻人;那些拥有几乎无限的生命力与创造力的年轻人,终有一天也会变成这样吗?因为长年风湿而变形的手指,垂垂老矣的模样,缩成驼背屈膝的小小一团,然后登上一辆深夜火车,从此消失在这个世界?

"可不要太消沉哦。"老太太仿佛看穿了我的心事。

"我是自己要来的。半夜睡不着,听到你的汽笛声,才突然想起来我们要去的那个地方。女儿还在睡着呢,我没叫醒她,她加班很辛苦了,明天还要早起去上班。"

"不过这样挺好的。我想起挺多以前的事,本来都忘了的,不知怎么又想起来了。我先生去世有十几年了,本来要是不看照片,我都会忘记他长什么样子,今天突然又想起好多我们之间的往事,还是很让人怀念的啊。"

我的心突然一跳,想起来一个人。

"我老啦,说话就喜欢絮絮叨叨的。"她摇摇头,准备向后走去。

"别走……陪我聊聊天吧。"我叫住她,"我想听听您先生的故事。"

于是,她就在驾驶位坐下,开始讲她今天想起来的那些往事。

"我和我先生认识是在五十多年前了。那时候我刚到他的矿场上班,他在里面做维修工。矿场里有一条开满鲜花的路,他把我约出去,就直接跟我求婚。

"我被吓得稀里糊涂的,当然是说不答应,然后他说那我们先相处一下好不好。我同意了,后来想想,觉得自己像是中了他的圈套一样。"

她看上去已经有七十多岁了,回忆起往事也依然像个少女,沉浸在那段爱情里不能自已,眉梢眼角处处都是温柔。

"他是很笨的一个人,相处起来也完全不会说情话。只有一次,我早晨刚到厂里准备上班,他突然跑过来,脸红红地跟我说他昨晚梦到了我。他梦到我穿了一条杏黄色的裙子,我的确有一条那样的裙子,但是那年还完全没有穿过,不知道他怎么会梦见的。于是那天晚上下班,我就穿上那条裙子和他出去,还是走在那条路上,那天晚上的风很香,他憋了半天,才说了一句我真好看。"

老太太笑了起来:"他就是那样的人,你就是砍他的头他也说不出我爱你这种话,那天是他唯一一次夸我好看,我们两个都吓了一跳似的,好半天都没有人说话。

"他问我能不能嫁给他,然后我就说好啊,就这么跟他结婚了。在那个年代里,我跟他算是自由恋爱的,从认识到结婚也就一年时间,然后一过就是一辈子。"她的语气里充满幸福,在那一瞬间,她好像突然变成一个穿着杏黄色长裙的女孩,我看到她搂着爱人的胳膊,满足地微笑着。

"他走了以后这些年里,我几乎没怎么想起来他,今天一下子突然全想起来了。也不知道他是不是在那边等我。"她抽出夹在胳膊间的包,从里面拿出一条裙子来,"唉,太多年过去了,颜色都褪掉一半了,也不知道他还记不记得这条裙子,我都快穿不上了。"

她把那条淡黄色的裙子比到胸前问我好不好看,我说:"好看。"她便心满意足地收起来,把裙子叠好又小心翼翼放回包里。

这下我可再也忘不掉我那位故人啦。他刚才还只是在我脑子里偶尔蹦出来一下,现在干脆整个人都出现了。我回忆起的越来越多,他的形象便越来越鲜明。我几乎听到他响亮的吆喝声:"走啊!我们运煤去!"这声音使我忍不住哆嗦一下,锅炉仿佛重新燃烧起来,汽笛也发出响亮的鸣叫,回到我们的黄金时代。

在我开始运行之前,他一直在做维修工,后来便被安排到我的车上做司炉。

他不爱说话,只有在每次发车前会奋力铲一堆煤扔进锅炉里,然后喊一声:"走啦!"然后便沉默地工作,仿佛刚才那一声已经使他用尽全身力气似的。

到停靠点卸煤时,他会休息一会儿,这时候才开始和我说起话来。他总是在说自己的家庭,说他的妻子、他的孩子,说他的女儿经常很想他,因为他工作起来总是不在家。

"她快过生日了,我最近要一直在矿上,没办法回去看她。"他有一次很落寞地告诉我。

几天之后又很高兴地说给女儿买到了生日礼物。

"是托朋友从很远的店里买到的水杯,在大城市里特别受欢迎。丫头收到杯子别提多高兴了,一个劲儿说爸爸我爱你。"他那天一直咧着嘴笑着,"也不知道从哪里学来这些洋话,说得我浑身直起鸡皮疙瘩。"

"丫头学习真好啊,那天我回去,桌子上摆了一排奖状,跟我说当上班长了。把我跟她妈两个人高兴的,后来我到她学校一打听,嘁,还有臭小子偷偷追她的。要不是她妈拦着,我非把那个小崽子揪出来揍一顿不可。"

"丫头妈妈生病了,在医院,我请了三天假,回来才能再给你烧锅炉啦。"

一段一段的回忆不停往上冲,怎么咽也咽不下去。从我刚来到这个世界上,他就出现在我的身边,默默地给我添煤,陪我往返在枯燥的铁轨上,休息时和我唠叨点他的家长里短。我想我应该是爱上他了,在我和他一起工作的十多年里,我一直都爱着他。是他的出现教会我爱,使我在余生中都带着这种爱情而活。

"丫头长大啦,开始有自己的主意了。她非要养一只猫,可是她妈妈对猫毛过敏。你说这孩子,她就干脆搬出去住了。也不知道自己一个人能不能照顾好自己，真叫人操心。"

  他那段时间心情一直不太好，和我说的话就多一些。说完好像就轻松许多一样，他高兴起来，于是我也就跟着高兴。

  你看，我记得的事情其实很多，我甚至不想开往遗忘之地去。越往前走，我就想起来越多回忆，他们一个接一个登上我的车厢，于是我满载着这些被我曾经遗忘的故事在城市中穿行。我不想再向前了，可是轨道始终延绵无尽头，我没办法停下来。

  前面很快就会抵达遗忘之地了，我会在那里看到更多我遗忘的记忆碎片。明天，城市里的人们起床，不会有人知道世界上最后一辆蒸汽火车消失了。我们化成雾，化成风，无数的记忆纠缠片刻，然后消散得无影无踪。

  真的要这样吗？

  我还是没有准备好与你告别，也许永远也准备不好。我载着这些回忆，心中充满不舍，即使明知我会和他们一起消失，悲伤也不会因此而减轻。因为我怀念那个人，在最后的这一刻，我们都想再看看他。

  亲爱的世界，我看到遗忘之地了。

  那里荒草寂寂，有我一直等待的身影。

一辆不知名的蒸汽火车

骑士与公主

<small>因终月冥</small>

美丽的公主：

你好！

我知道此刻你的心情无比难过，身为公主，却不得不听从国王的安排嫁给一个不爱的人。但请不要悲伤，因为很快，这场婚礼会迎来另一个结局。

别急着疑惑，在向你解释这一切之前，请先允许我说说内心的一些想法。可能只有此刻，你才会耐心听完我的话。

我还记得第一次见面的时候，你笑得很开心。那时候我遇到了海难，醒来的时候是在一个荒岛上，你就出现在我的旁边。

你问我："你是谁？从哪儿来的啊？要干什么？"

说实话，那一瞬间我根本没想到你会是公主，因为从这些问题来看，你更像是这个岛上的门卫。

后来我才知道，是你把我拉到岸边的。你很怕我是个坏人，但更怕自己没有救下我。

因为海难，我好像失去了记忆，只隐约记得自己姓马，是个骑士。

你说要给我起个名字，这是你最拿手的本事。体贴的你怕我不满意，于是提供了很多选择，比如马德华、马布里、马达加斯加……好吧，虽然你在起名这点上可能没有什么天赋，但在我眼里你依旧完美。

最后你叫我马叉叉（××），说××是某某的意思，以后好换。

你告诉我，你是个公主，是被恶龙绑到的这里。话音刚落，一条巨大的恶龙便从天而降。我不知道自己是否能战胜它……好吧，我承认，我承认打不过它。可我当时的想法却是无论如何我都要保护你，哪怕被恶龙吃掉。

幸运的是，恶龙并没有吃掉我们任何一个人。它说它绑架你是为了让国王派出很多骑士来救你，而它的目的就是为它自己寻找一个人类骑士作为伴侣。但这会儿它已经找到了，所以我们自由了。

那一刻我的内心是复杂的，一方面是因为开心，另一方面也有失落。为什么因为爱，就要限制别人的自由呢？我不懂。

接着，恶龙和我们告别。它飞走之前对你说，说你的国家里有一股可怕的气息，让你自己小心。你很担心，恶龙还安慰你，并指了指我，说这个骑士可以保护你。

你看了看我，眼神里有些怀疑。或许你会觉得奇怪，这个看似普通的家伙真的可以保护你吗？

我当时没有回答，现在我可以告诉你，会的。我会保护你的，无论你是否看好我。

恶龙走后，大约过了几天，海面上驶来了一列船队，为首的正是你的国王父亲。

我依然记得你欢喜雀跃的模样，同时你邀请我一起登上了国王的船。国王人很好，热情慷慨，可事情的发展却出乎意料。他说王国已经被新的恶龙占领，它还有很多魔物手下，所以我们只能逃走。

情况突然变得紧急，但你并没有表现出害怕。相反，你鼓励国王发起反抗，为人民争取自由。你说你的祖先是勇敢的屠龙骑士，为了让人民从恶龙手中获得自由，所以才创立了这个国家。如今，我们应当为了自由而战！

这番话不仅打动了国王，也打动了我。我向国王请缨，希望他能给我锋利的武器，让我为这个国家而战。

国王有些难以置信，因为没有人不惧怕恶龙。我说我不怕，我要去打败恶龙。

你夸我勇敢。其实并没有，我也心怀恐惧。可我知道，如果恶龙不被打败，向往自由的你一定不会罢休，甚至你会拿起武器，冲向恶龙……这一战不是为了王国，是为了你。

当然，我并不傻，按照故事里的设定，国王逃出王国时一定会带上很多罕见的宝物。我希望国王给我一把最锋利的剑和一套最坚固的铠甲，这样胜算会大一些。

然而，国王给了我一罐蘑菇酱。

"吃了这顿，就该上路了。"国王对我说。

等等……情况和我想的不太一样。我正要和国王说，要不然咱们还是抓紧逃吧，兴许还能逃掉。不是，你不给武器就算了，还打算让我把自己腌制入味儿了再送给恶龙吗？

国王看出了我的担忧，他笑了笑，然后让我吃下那罐蘑菇酱。神奇的是，在我吃完之后，我突然变得又高又壮，感觉浑身充满了力量。

国王告诉我，只有这个还不足以打败恶龙。我必须再找到一朵七彩的花，吃下后便能掌控火焰。只是那朵花长在很危险的地方，这一去凶多吉少。

你很担心，劝我放弃，说这样太危险了。我没有回答，准备动身。

你没有再阻拦，并且说你会在这里等我十天的时间，因为如果一切顺利我回来的时候正好是第十天。而且，十是你最喜欢的一个数字。

就这样，我离开了船队。寻找七彩之花的过程确实无比危险，那里已经出现了很多魔物，例如会飞的乌龟和凶恶的云，以至于好几次我都差点死掉。好在历经千辛万苦，我终于带着那朵花回来了。

可令我沮丧的是，你却不在了。

国王告诉我，在我回来的前一天，恶龙的魔物发现了船队，并且把你夺走了。听到这个消息的我无比愤怒，国王更是当着所有人的面承诺，只要能够救出你，他就答应……

我没有听清他在说什么，因为那时我已经踏上了前往恶龙城堡的路。再之后便是一场恶战，我遍体鳞伤，恶龙从口中吐出一道道火焰，巨大的爆炸将我狠狠地震飞，但我依然顽强战斗，坚硬的石块被我撞得粉碎。

诚如类似故事的结局那般，最终我吃下了七彩之花，重新恢复了体力并且打败了恶龙，而你也因此逃离魔窟。

到这里，我以为故事终于迎来了完美的结局。然而就像某句歌词写道，美丽故事的开始，悲剧便在倒计时。后来我才知道，原来国王承诺，谁能够救出你，你便要嫁给他。

当知道真相的那一刻，我惊讶、紧张，可不知道为什么，那些情绪过后剩下的只有幸福。

关于原因，我想是因为我爱你。

可是那又怎么样呢？你知道自己即将成为我的新娘时，我看不到你脸上的开心，相反只是难过、压抑，就和在荒岛上你被巨龙囚禁时一样。

国王告诉我，不必担心，你一定会嫁给我，因为他当着所有人的面许下了承诺。如果他反悔，那么他将颜面扫地，而你是他的女儿，所以绝对不能拒绝。

你还记得几天前吗，国王带我去见你，你穿着美丽的婚纱，这是几天后将要正式登场的彩排。我也换上了华丽的衣服，所有人都称赞我，可你却没有看我一眼。你可能会奇怪，我怎么会知道，那是因为我的眼睛一直都在看着你啊。

国王离开后，我问你："公主，马上就要成为我的新娘了，难道你不开心吗？"

你没有回答。

我又问："是我的问题吗？是我哪里做得不够好？"

你终于看了我一眼，说不是那样，你非常感激我做的一切。言语之中充满礼貌，又夹杂着些许歉意。

"你是一个好人，马叉叉。"你犹豫着说道，"可我并不爱你。你知道吗，这并不意味着你不好，或许是我讨厌你。可爱情这种事就是这样不讲道理。"

"我很抱歉。"你哭着对我说，"但我觉得此刻我和在荒岛上没有区别，我的身体是自由的，可我的内心却依然没有获得自由，我的爱也是不自由的。"

我递上手帕，看着你一点点抹去眼泪。那一刻我居然想到了打败恶龙时，它对我说的那些话。

"我知道你喜欢公主。我能看穿人的内心，我知道你爱她。可是那又怎么样呢？"恶龙说，"用感动或者恩情去交换她的爱吗？你太傻了，无论你怎么做她都不会爱你的。既然如此，你为什么还要救她，不如和我一起统治这个国家……"

恶龙说了很多，最后它问我："如果公主不爱你，你会后悔吗？"

我没有回答，因为我不知道怎么回答。

你擦干眼泪，然后看着我的眼睛。你问我："你爱我吗？"

老实说，在你问出这个问题之前，我早就在内心里将答案排练了上百遍，只为能够组织出最美丽的语言让你明白。

可此刻，我拼尽全力甚至涨红了脸，也只能简单地说出一句"早点休息，晚安"。

你知道吗，在这几天里我想了很多，痛苦的并不是只有你自己。我也想过，只要和你在一起就好了，你成为我的妻子就好了。可是这真的是我想看见的吗？

我的回答是，并不。

所以啊，公主，请原谅我的不辞而别。当你看到这封信的时候，我已经离开了这个国家。或许你会怪我，可是抱歉，我并不是一个机智的家伙，而这是我唯一能想到的办法。

另外，我想告诉你，做出这个决定并不是一时冲动。我说过，我想了很久，可我始终无法说服自己用这种方式占有你。

还记得你之前问的那个问题吗，我是否爱你。是的，公主，我是爱你的。

我也希望你爱我，但即便你并不爱我，你也没有做错什么。而我也不会因此后悔，因为我不仅想让你知道我爱你，我也要让你明白，你的爱是自由的。

最后，我写下了十条理由，你可以告诉国王用这些理由回应大众，这样他便不算违背了承诺。

一、骑士自己选择了放弃。

二、骑士辜负了国王的好意。

三、骑士让公主伤心。

四、骑士试图带走王宫重要的宝物，失败后逃走。

五、骑士无法适应贵族的生活。

六、骑士的粗鲁决定让王室蒙羞。

七、骑士觉得有更合适的人在等着他。

八、骑士的目的只是为了得到七彩之花。

九、骑士的行为证明了他是个傻子。

十、没有十，但我记得你十是你最喜欢的数字，所以写了个十。

对了，忘了告诉你，在和恶龙决斗时，爆炸带来的撞击使我恢复了记忆，我终于想起了自己的名字。愿你偶尔也能想起我。

就这样吧，公主。祝你永远自由，永远美丽。

你永远的骑士
马里奥

龙的情书

图 徐广越

亲爱的骑士：

你好。我是恶龙，初次见面，我爱你。

看到这里你心里一定也很疑惑，是不是拆错了信笺，或是砍错了头颅。

恭喜你，都没有。你是风暴城的新骑士，你战无不胜所向披靡。你有着精钢制成的盔甲，它们无坚不摧，刀枪不入，甚至还有一定的魔法抗性，可以挨得住巨龙的吐息。上面印有金色的紫罗兰，是你最爱的花朵。

你的长剑无坚不摧，削得断凡铁，切得开巨龙的鳞甲，也砍得下龙的头颅。这是你最爱的宝物，你珍惜它，仿佛至亲的爱人。

而我，是城外的巨龙。两个星期前，国王生日大宴，首都风暴城一片欢庆，举城上下相聚王宫，高呼着国王万岁。我就在这万人瞩目下，掳走这国家里唯一的公主，风暴城活的月亮。我残暴凶狠，罪不可赦。

你啊，我亲爱的骑士，新晋的皇家骑士，你穿戴着精良的装备，志得意满地去讨伐巨龙。可你发现，龙原来弱得可怜，你只是受了点小伤，不费吹灰之力就砍下了她的脑袋。

那位蒙着面纱的公主想必现在已经回城调养了，留下你与你辉煌的战利品——我的尸体独自相处。真好，我们已经好久没有两个人单独在一起了，你在做什么呢，可能刚刚吩咐了随从将我的头颅带回去挂在城门，接着随手抖开这封藏在我身上的信，或好奇或漫不经心地读着，想象着迎娶公主时的场景，和回去后的满城欢呼。

不过你也的确不需要认真来看，虽然龙的情书难得一见，但细说起来也不过是些碎碎叨叨的往事回忆和一些小小的心情，和你们人类别无二致。想必你也正满头雾水呢，那么我也就不耽误你回去迎娶公主的时间啦，就进入正题吧。

十年前我受了伤，倒是也不重，但是总归让我心情不大好。不知道你们人类什么样子，但是我们龙族里的女孩子，心情不好时候就总会想着吃好吃的。

人类这种物种虽然弱小又短命，但是在料理食物方面真是独一无二，就凭这一点，我决定在我两百岁生日那天，祈求人类生生不息。

我那天啊，正化作人形循着饭香乱跑，结果反而寻到了你。

你正在草地上练着剑，十七八岁的模样，对龙族来说，你才是一个婴孩，可阳光照在你身上，你挥剑前砍，剑尖与眼里都在闪着光。

这把剑太破啦，虽然锋利，但看起来就已经有些年头了，手柄也已经锈迹斑斑。每次挥砍都会带去几滴汗水，可带不动一点风声。

本来顺着饭香一路寻来，到了这里后却再也找不到了。也许因为有些无聊，我坐在地上支着下巴看了你很久，颇有点被你的剑术惊到的感觉。

"你这技术也太烂了吧。"

你听到这话停下手，转头看向我这个不速之客。你擦了一把汗水，不断地喘着气，我本以为你会生气，想着你敢瞪我我就一口把你吞下去。结果你反倒是把头一扬，骄傲地说道："我知道！"

一瞬间我恍惚了一下，刚才我是夸人了吗？

"等等，我是说你烂……"

你笑得更加灿烂，简直像是特意要把牙露出来显摆显摆。

"非常烂了！"

"那你开心个矮人王的圣战锤啊！"

少年又挥了两下剑，解释道："因为我在努力啊！"

"我现在是很烂，可我已经在拼命了，明天的我会比今天厉害一点，后天厉害两点，一年、两年、三年，很多很多年，我就可以厉害很多很多点，我是很烂，但我已经知道我很厉害了。"

"不不不，你一点不厉害，不还是很烂吗，喂！"我拼命摆手否定。

你冲我温和地笑了笑，走过来揉了揉我的头，眼睛弯弯的，风拂过你的身上，带着阳光和青草的味道欢呼而过，整片草地都趴在地上，听你说着话。

"你这个小姑娘懂什么呀。"

被你这个婴儿说小，我竟出奇地没有生气，我感受着头顶的触感，心里呆呆地想着，你要是再壮一点应该蛮好吃吧。

那一整天啊，我满脑子想着辣椒面和孜然看着你练了一天的剑。

你问我叫什么的时候，以至于我顺口编了一个"孜然"的名字。

好在比辣椒面好听，不幸中的万幸。

其实没想和你待那么久的，毕竟我是出来吃饭的，你现阶段感觉又不太填肚子。但是到了傍晚你烧了一锅汤，和我来时闻到的味道一样,我这个腿啊,它就不怎么争气……

可恶!我的腿!高傲的龙女命令你动起来!

啊!嘴!不要吃!做个嘴吧!有点尊严!学学你的主人!

真香……

我喝了一锅的蘑菇汤。那天你的晚饭是把锅舔了一遍。

我鄙视地看着你,说:"你也太馋了吧?"

"你丫也一点儿没给我剩啊!你也太能吃了吧!"你一边舔着锅子一边抱怨,我有点生气,怎么说我也是二百岁的妙龄少女,你竟然说我能吃。而且我已经相当克制了,毕竟少女很要面子的,不然锅我都自己舔了。

我把头一扬不屑地说道:"难吃死了,谁稀罕吃。"

"你就差把锅吃了!"

"那也难吃!"

你瞪着我,一脸怒气,我说你剑术烂,都没见到你这么大的火。

"从来没有人说过我做的菜难吃!"

所以是经常有人说你剑术烂吗……

说着你就撸起来了袖子,意图证明自己。

你问我想吃什么,自信爆棚,仿佛新东方学艺归来。

我想了想,有点儿使坏地说道:"烤鱼。"

你愣了愣,爽快地答应:"好,明天你来!"

第二天我早早就来了,准备看你的笑话。

这附近没有河流,只有一条山涧里的流水。岸边的石头湿滑得像刚舔过的锅底,你们弱小的人类没有龙族的翅膀,连鱼都弄不到。

那天我带着孜然和辣椒面,准备等你来了直接烤你,毕竟鱼是肯定没有了,我打算自力更生。

那天你来得很晚,带着两条鱼。

上面撒满了我想吃你时用的孜然辣椒面,在火上烤得滋滋作响。

我问你鱼哪来的。

你随手把一条鱼递给我，漫不经心地说："市场买的啊，笨女人。"

你个傻瓜，我是龙啊，可以飞很高很高的龙啊，可以看很远很远的龙啊。

我吃着烤鱼，嘴里满是辣椒和孜然，脑子里却是一个瘦弱的人类少年背着锈剑在山涧爬行的身影。

我想着人类真是愚蠢。

但是鱼烤得很好吃。

那之后我常常来看你练剑，当然不是为了你。和你们愚蠢的人类不同，高傲的龙族可是很聪明的。我只是为了吃烤鱼。

虽然到后来我再也没要求你烤鱼给我吃。

也不知道过了多久，云彩在你的剑上飘过，从南飘到北，从剑尖滑过剑尾。不知不觉中，你真的厉害一点点了。

那天你给我带了好多条烤鱼，撒了满满当当的辣椒面和孜然，说是庆祝。

我一手一个，嘴里也塞得满满当当。趁我吃得正欢，你揉了揉我的头，说："我要走啦。"

你说你要去风暴城，去学更好的剑术，成为最棒的骑士。

烤鱼把我的嘴塞得太满了，让我好久都说不出话。

我想了好久好久，才挤出一句："可是你很烂啊。"

你笑着，一点儿也不生气："但我有厉害一点点哦，去了更大的地方，才能厉害两点点。"

你说十年你就回来找我啦，你亲了我的嘴唇，虽然我是高傲的龙，可龙的手里拿着烤鱼也会躲不开的。

那一吻有孜然和辣椒面的味道。

我想你果然很好吃，那我愿意等你十年，好饭不怕晚。

可第九年的时候，我想你了。我有点莫名其妙，才九年啊，这在我漫长生命中是多么微不足道的时间啊，却怎么也过不完。本是像午觉一样短暂的时间罅隙，却第一次让我感到了分秒的概念，原来长得就像是一辈子。

我想我是喜欢上你了，你这个弱小而又可爱的人类，我喜欢上你了。这让我有点生气，可也有点开心。我甚至想当即飞去见你，想告诉你我爱上了你。

"嘿，弱小的人类，剑法很烂的骑士，高傲的龙爱上你了哦，想要给你生小人类哦！"

啊，我甚至可以想到你的表情，惊讶疑惑又带着兴奋，你一定会吓一跳吧。

咦，但你会不会害怕我呢，不过也不碍事，如果你真的太过自卑，我可以抱抱你哦，我可以勉为其难把脑袋埋在你的胸前，让你拍拍我的头，这样你就会放心啦！

我正想着，翅膀不自觉就已经动起来了。

风暴城并不远，这个时候我开始有些怨恨自己了，这么近的距离我为什么要让自己难过这么久呢，可很快这种心情就被雀跃取代。

我就要见到你啦。

啊，我已经看到你了！你正站在城楼上，带领着一众骑士，挥舞着宝剑。一如九年前，剑尖和你的眼里都在闪着光。

你已经是皇家骑士了呀，你眼里的光芒再也不是信仰和快乐，而是无与伦比的自信，好像太阳是反射着你的光辉才能明亮一样。

你每一次挥砍，不光带起风声，还带着一种骑士的喝彩，可你的剑术还是很烂，我一爪就好像可以捏碎你的脊骨，但，你已经很努力了哦，我亲爱的骑士，你果然有厉害了两点点。

我轻轻降落在附近，仰着头，冲着城楼喊你的名字。

你低头看了我一眼，先是疑惑，然后是满脸的惊喜。你从城墙上一跃而下跳在了我的身旁，脚边扬起了尘土，意气风发。

"孜然！你怎么来了！"你站在我的身前，已经比我高了好多啦。

我微微低下了头，以为你会摸摸我的头发，可是我等了好久，也不见你有所动作，你只是手里紧紧握着宝剑，另一只手来回抚摸着腰间的宝石。

我噘着嘴抬起头，你嘴角噙着笑意，但我总觉得你眼里少了点儿什么。

那天你没给我做蘑菇汤，也没给我做烤鱼，我们去了风暴城最好的餐厅，吃了一顿很豪华的饭。

你讲了你这段时间的经历，你的勤奋苦练，你说了你所得到的成就，成为了皇家骑士，你说了你未来的期许，如果有机会解救一位被巨龙掳走的公主就好了，可以娶到公主继承国家，你说了你对我的期望，让我成为你的情人。

我没说话，看着你虽然华丽但是脆弱的宝剑，脑子里没再想着辣椒面和孜然，我只是想了很久你眼里少了什么呢。

你说完了一切，笑眯眯伸手摸向我的头，说道："小姑娘你想什么呢？"

我终于知道了，缺了温柔。

我轻轻扭了扭，躲开了你的手，你的笑容僵在脸上，有些滑稽可笑。

我甜甜地笑了笑，说了一声好。

"真的？"你的笑容马上重新涌现，这次让我有些恶心。

"当然是真的，我还有礼物送你呢。"

我将带来的礼物送了你，送了你世上最好的利剑，和能防御巨龙吐息的铠甲，上面有我亲手画的紫罗兰。

我说这些东西能帮你实现愿望，你高兴得甚至没有问我东西的来历。我说我明天会见你，在国王的庆典上。

我们见过了，但你可能不知道。

看到这里，你大概应该明白了，或者从一开始你就应该知道了，毕竟你那么聪明，又如此了解我。

我是你的孜然，也是掳走公主的恶龙，我送你能砍杀我的装备，只为了死在你的剑下。我的头颅可能正挂在城门，彰显你的功劳，你曾亲吻过的嘴唇，如今正在墙上逐渐风干。

  我用我滚烫的龙血灼伤了公主的脸，留下了永久的疤痕。

  我喂她喝了我苦苦寻来的长生泉，让她可以活过百年，最少可以比你活得长。

  我给她看了这封信，那是她遭到如此不幸的原因。

  放心，国王还是会把你梦寐以求的公主嫁给你的，毕竟这样的女儿他没有了更好的人选。

  你将永远有一个丑陋而怨毒的妻子，直到你死去。

  这就是我留给你的真正的礼物。

  我爱你啊，我亲爱的骑士，我赐你无上的荣耀。

  我恨你啊，丑陋的人类，我诅咒你永远孤独。

爱你的恶龙

王子的水晶鞋

文 胡点点

亲爱的小雀斑：

  明天就是我们举行婚礼的日子了，我觉得这一切都像做梦一样不可思议。

  我们的故事是从一场盛大的舞会开始的。父王为了给我挑选未婚妻筹备了许久，舞会那天一大早城堡的门口就挤满了年轻的姑娘。

  我躲在窗户后面一眼望去，来参加舞会的女孩儿们都打扮得华丽无比，但是没有一个人穿着水晶鞋，于是我有些丧气。

  你一定也听过那个童话故事：很久很久以前，有一个叫辛德瑞拉的平民女孩儿,她穿着一双耀眼无比的水晶鞋去参加王室的宴会,最终成功收获了王子的爱情。

辛德瑞拉掀起了一阵穿水晶鞋的风潮——镇上的姑娘们相信,只要穿着水晶鞋就能找到自己的真命天子。

她们不再干活儿,只热衷于穿着水晶鞋参加大大小小的舞会,农田里的作物一片颓靡,牧场的牛羊饿得奄奄一息,整个国家的秩序一度陷入了混乱,父王没有办法,只好下令从此所有的女孩儿都不允许穿水晶鞋。

我小时候就听过辛德瑞拉的故事,并且深深着迷,我一直相信我的真爱也会是一个穿着水晶鞋的美丽姑娘!

我拉上窗帘叹了口气,然后避开随行的侍卫独自走进了陈列馆,我走到辛德瑞拉王妃穿过的那双水晶鞋前,凑近橱窗仔细地看着。突然,连我都不明白自己是怎么鼓起勇气作出这个惊人的决定——我要带着这双水晶鞋去寻找自己的真爱!

我脱掉长靴,砸破了橱窗的玻璃,侍卫们听见响声立马叫嚷着赶来,吓得我一拿起水晶鞋就慌忙地逃跑!

我被追赶着,梳得整齐的头发变得像鸟窝一样凌乱,我穿过喷泉的时候摔倒在了地上,全身弄得泥泞不堪。我钻过一片矮树林,名贵的礼服被树枝挂得破破烂烂的,最后,狼狈的我逃到了猎犬安德鲁的狗窝。

安德鲁一见到我便兴奋地扑倒了我,我拍拍安德鲁的脑袋,对它说:"我的好兄弟,再见了,我要逃出城堡!去寻找我的真爱!"我匆匆在安德鲁的大鼻子上留下一个吻,转身就从狗洞钻了出去。

我逃出了城堡,呼吸着新鲜的空气,感到前所未有的自由。

水晶鞋一定能帮助我找到属于自己的真爱。我这样想着,充满了信心。

我在大街仔细地寻找着,不一会儿就看见了一个美丽的姑娘。她穿着一身光彩照人的洋裙,肩上搭着卷卷的金发,脸蛋红扑扑的,可爱极了——当然，如果这时候我已经遇见了你，一定不会这样觉得。

总之当时我羞涩地走到这个姑娘的身边，朝她绅士地敬了个礼，但还不等我开口，这位可爱的姑娘突然变了脸，她紧紧皱起了眉头，朝我呵斥道："臭乞丐！离我远点儿！别弄脏了我昂贵的礼服！"

我看着她扭曲的脸有些惊慌失措，不敢再靠近，只能悻悻地走开了。

这天我在街上遇见了许多美丽的姑娘，但是还不等我打招呼，她们就捏着鼻子走得远远的。到了夜晚，气温开始下降，我不得不躲进海边一个废弃的小木舟里。

我缩在角落瑟瑟发抖，回想起一天的经历，开始对自己寻找真爱的旅途感到迷茫，不一会儿便在沮丧和饥寒中渐渐睡了过去。

再醒来的时候，我就发现自己睡在一间温暖的帐篷里，身上盖着毛毯，毛毯边有一个小小的暖炉，脚边的矮桌上还放着美味的面包，我惊喜极了，拿起面包狼吞虎咽。

"你醒了，小乞丐？"

这就是你对我说的第一句话，小雀斑。

我抬起头，看见门帘边站着一个穿粗布裙子的女孩儿，扎着两个麻花辫，皮肤晒成了健康的小麦色，脸上长了一道银河一样的雀斑。

我连忙站起来敬了个礼，说："你、你好！我亲爱的姑娘！请问这是哪儿？我怎么会在这里？"

"哈！姑娘？我可从没听人这样叫过我！你就叫我小雀斑吧！"你一点儿不在意，捡起我吃剩的面包啃了一口，脸颊一下变得鼓鼓囊囊的。

"我昨晚出海打鱼，看见一艘小木舟在海上摇摇欲翻，我划过去一看你竟然躺在里面睡觉，可我怎么叫也叫不醒你，只好将木舟跟我的渔船连在一起回到岸上。"你说着还转了个圈，将脸凑到我跟前，"谁知道原来你不是睡觉，是昏了过去！我费了好大劲才把你从船上拖下来！有一回我捕到了一条小鲨鱼也不过费了我这么多的力气！"你一边说一边比画，那可真不算条"小"鲨鱼。

我看着你靠得极近的脸，不禁连连退了几步："谢谢你，我善良的姑娘。"

而你又凑近了几步，一双大眼睛直直地盯着我："有礼貌的绅士，你为什么浑身脏兮兮的，还一个人漂荡在海上？"

我走到河边看着水中自己的倒影，原本金黄的头发被泥水染成了褐色，身上的礼服早就破烂不堪，混着泥水散发出一股难闻的气味。

"这是一个寻找真爱的故事，善良的姑娘。"

我一边喝着你为我烹饪的热汤一边将自己的经历娓娓道来，你听得全神贯注，先是惊讶我竟然是一个王子，转眼又研究起那双耀眼的水晶鞋。

"哈！看来我可不是一个王子的真爱！"你低头看着自己厚实的双脚，比水晶鞋还要大上几码，"不过，你现在的样子也不像个尊贵的王子。"你动了动自己的脚丫子，十个脚趾灵活地敲打着地板。

"或许你可以先在我这儿住下！我们国家有许多漂亮的女人，她们的个子小巧，脚也长得秀气极了。说不定你能在这儿找到一位水晶鞋的主人！不过在此之前，你得先挣钱给自己换一套体面的衣服，我尊敬的王子殿下！"你打趣地朝我这位落魄的王子行了个礼，立马又哈哈大笑在草地上转起了圈。

我立马被你的笑声感染了，心情也变得愉悦起来，看着你飞舞的两支麻花辫，竟然感觉像极了骏马的尾巴。

小雀斑，你的笑总能给我带来好心情。

之后我就在你的帐篷里住下了，明明想好心帮忙干些活儿，但我却老是越帮越忙。

你让我去捡柴，我却捡回一堆枯草；让我去生火，我烧毁了一大片草地；更别提在波涛汹涌的大海上行船了，你又要捕鱼，又要捕我，每回都闹得手忙脚乱。

"嘿！王子！我现在觉得抓一条小鲨鱼可真不算一件辛苦事！你比鲨鱼麻烦多啦！"

但无论我闹出了什么样的乱子你都不生气，还总是哈哈大笑，脸上的点点雀斑映着水光一闪一闪的，像极了天上的星星。

有一回，我看着你的笑容竟然脸红起来，现在想想，我大概就是那时开始喜欢上了你脸上的小雀斑们。

一天，你手舞足蹈地赶了回来，拉起我的手高兴地转圈，说："毛糙的王子！告诉你一个好消息！我们国家最美丽的公主要举行一场盛大的舞会！她的脸蛋红扑扑的，眼睛大大的，一双脚也长得娇小可爱，说不定她能成为水晶鞋的主人！"

你拿出一套崭新的礼服递到我的手上，紧紧拥抱住我，说道："去寻找你的真爱吧，我亲爱的王子殿下。"

我拿着你花了不少钱为我买来的礼服呆呆愣着，虽然被你开心地拥抱着，却不知道你当时是什么样的表情。

但你大概也不是真的开心，就像我一样。

我还是被你怂恿着去参加了那场舞会。在舞会上，我自小学来的出众礼仪和博学的才识吸引了不少人的目光。这晚你的国王当众宣布，我将迎娶他可爱的女儿。

就这样，我又住进了城堡，我穿着跟从前一样昂贵的礼服，再也不用面对海上的惊涛骇浪。哦，对了，我还有一个美丽的未婚妻，长得娇羞可爱，能感觉出压在二十床鸭绒下的一粒豌豆。

但我总是闷闷不乐，我开始想念跟你在一起的日子。

某个夜晚，我来到国王的跟前，单膝下跪请求他的原谅："抱歉，尊贵的国王，我恐怕无法迎娶您可爱的女儿，请您将我放出城堡吧！"

国王听了大怒，他命令身边的侍卫扒掉我身上雍容华贵的礼服，脱下我脚上用最高级的牛皮制作的靴子，并准备将我丢进最冷最深的冰窖。

不一会儿我就被扒得只剩下一件单衣，慌乱中，我用力推开身边的侍卫，抓起水晶鞋落荒而逃。我跑过了殿堂，穿过了喷泉，又钻过一片矮树林，身上划出了道道血痕。

侍卫们的叫嚷声越来越近，我抱着水晶鞋蜷缩在角落里，这里没有我忠实的朋友安德鲁，看来今夜我就要被丢进冰窖，慢慢被冻死了。

我想念着你，一颗泪水滴在水晶鞋上。

也是这时，神奇的事情发生了。

沾上泪水的水晶鞋发出一道耀眼的光芒，不一会儿，竟然变成了一双璀璨的水晶靴，我试着塞进一只脚，就像定制的一样合适。

我把另一只靴子也穿上，身上破烂的单衣立马变成了一件华丽的礼服。

举着火把的侍卫们赶到了树林，他们准备朝我射箭，天边却飞来了一群小鸟，呼扇着翅膀扑掉了他们手上的弓箭，又用尖尖的鸟喙在他们身上一下下用力地啄着。

墙角里钻出许多只老鼠，它们推搡着我找到了城堡隐秘的出口。

城墙外面候着一群小蚂蚁，它们排着队变成箭头的样子，为我指路到了河边，河岸上停靠着一艘造型奇特的南瓜船。我一赶到，船门就"嘎吱"一声打开了。

"谢谢你们，亲爱的朋友！"我朝身后的小动物们行了个礼，一跃跳了上去，南瓜船在河上悠悠地荡着，不一会儿就荡到了我们的帐篷边。

你当时正坐在一块大石头上，把脸埋在手心里伤心地啜泣着。

我就知道，你只是为了让我完成自己的心愿，但心里却并不乐意这样做。

"呜呜呜，亲爱的王子，是的，只有高贵美丽的公主才配得上你，可是我却如此想念你……"

你一定不知道我听见了你的呢喃，我的脸立马变得红通通的。

我慢慢走近你，心里像有一只小鹿在乱撞。

"嘿，小雀斑。"

听见的我声音，在石头上坐着的你当时惊了一大跳。你抬起脸来，看着跟平时一点儿也不一样的我说不出话来，或许这时我才像一个真正的王子。

　　我刚想单膝下跪表白自己的心意，远方的城堡却传来了十二点的钟声——一瞬间，我身上的华服变成了破破烂烂的单衣，头上的王冠变成了干枯的树枝，还有河边停靠着的南瓜船，"扑通"一声掉进了水里！

　　我踩在水晶鞋里打了好几个踉跄，最终还是摔倒在了地上。

　　"我真是太狼狈了……"想到刚才还风度翩翩，我不好意思地捂住脸。

　　你却坐在石头上哈哈大笑起来，这是我多么想念的声音。

　　你一跃而下走到我身边抄起了手，说道："我的王子，难道美丽的公主殿下也没能成为水晶鞋的主人吗？"

　　我连忙将水晶鞋递过去匆匆地说："小雀斑，你才是水晶鞋最合适的主人！"

　　你低头看看自己厚实的脚掌，撇起了嘴："我可穿不上这双又小又硬的鞋。"

　　我当时还以为你要以此为由拒绝我，立刻变得有些沮丧，垂下了双手。这时，你突然从我手里抱过了水晶鞋，说道："但是，我可以拿它来修东西！我们的船桨不是正好坏了吗！我亲爱的王子殿下。"

　　你一把抱住我，在我的脸上留下一个温热的吻，我抱着你转了好几圈，你开朗的笑声在空气和水纹里荡漾。

　　明天就是我们的婚礼，但我却没办法让你嫁给一位真正的王子，拥有一场让所有人都瞩目的婚礼。

　　但幸好，我知道你并不在乎。作为交换，或许，我可以用辛德瑞拉的水晶鞋为你修一辈子的船桨。

　　我爱你，亲爱的小雀斑。

一位只属于你的绅士

此信来自夜晚

文 / 采月之滨

Helen:

  展信佳。

  可以这么说吗?毕竟这算不上一封真正的书信。

  但我知道,你能看到,所以我试着来写。第一封,竟有些不知如何下笔。

  这样吧,说说往事。

  人鱼一族的数量虽然寥寥,但我这么多年也见过一些,她们喜欢追波逐浪,偏在狂风暴雨时现形。只有你与众不同,专挑着月色清明,波澜不惊时才浮上水面。

水族多喜月光，但人鱼却只在雨雾中歌唱，水手之间流传着海妖歌声会引诱人类失去方向的传说，我知道这并非只是谣传。

人鱼姣好的容貌，任谁都会为之心醉，她们把唱歌当作游戏，比赛着谁能引来更多的船只。在我眼里，你的美丽更甚她们，但你从不开口。

触礁的大帆船一艘又一艘，它们堆积在岛屿的背面，形成比岛屿还要庞大的山丘。折断的桅杆上挂着破旧的布帆，那是人鱼们胜利的旗帜。

那场景诡异莫名，每当暴雨降临，闪电见缝插针钻进地狱的缝隙，使我一次次看清那白骨与船的残骸搭建而成的高山。

人鱼们绕着这山游来游去。她们的歌声堪比天籁，幽青或火红的鳞片随着雷电的光芒闪耀，只能用妖媚来形容。

可你向来是不参与的，我在这妖媚的舞场中看不到你的影子。

你是只会在宁静的夜晚晒月光的小女孩，美丽浸透了整个无声的夜晚。那红色的秀发在水中飘摇，我不知凝视了多久后，决定擅自给你取名为"Helen"。

你似乎是孤傲的，也因不合群而吃了一些苦头。围捕过后，她们不与你分享任何食物。如果说这时你还是骨气十足，那当人鱼们衔来海底最明亮的珍珠，纷纷点缀在身上时，你眼中露出的艳羡却是无法掩饰的。

说到底，你只是个小女孩啊，有倔强的脾气和性格，更有五彩缤纷的少女梦。

而我，只能永永远远地暗恋下去，无论是倔强还是孩子气的你，我都无法触及。

看着你在海面上快乐地舞蹈，我也想和你一起跳进水里了。

可我做不到，我是月亮啊。

千百年来悬挂在天空之中，看着浩瀚星河中所有破碎的片段，我是个上了年纪的老古板了，看过的人比天上的星星还多。

为何偏偏会爱上了你？

人类形容遥远，常用"一个天一个地"，而当我凝视着无底的深海，想念着你纯真的笑脸，才真切感受到天地之远。我们比天和地更远，若你能时时到水面上来，坐在高高的礁石上托着脸思考，我便拥有了离你最近的时刻。

你有时也露出很苦恼的样子，一定是因为肚子饿。我认真想着自己能为你做些什么，于是努力更亮一些，躲开云的遮挡，把光投到你的身边去。小昆虫飞来了，鱼群也就来了。我是没有饥饱感的，但是看着你吃东西，我也觉得非常满足。

这个时候我突然发现了接近你的办法，那就是自己在水中的倒影。

我竟然可以离你这样近，几乎是靠在你的尾巴尖儿上，捧着你海草般荡漾的秀发，倚住你白皙的肩膀。

你从礁石跃进水里，有时会跳到我的身上，我的影子虽然一下子碎开，心却比任何时候都要感到甜蜜。似乎把你抱在怀里了，在破碎的梦境里。

从那之后我找到了陪你玩耍的方法。

你看我弯成一个月牙儿的时候，像不像你的尾巴？你是美人鱼我也是美人鱼了，我变成美人鱼和你一起静度夜晚；你躺在礁石上，我躺在水面上，我们紧紧挨在一起。

当我又恢复到圆圆的样子时，我想象自己就是一颗珍珠，希望能被你挂在脖子上，贴着你的心跳，安睡整个晚上。

她们不把珍珠给你，我把自己给你。我就是最亮的那颗，你愿意承认吗？

你不必再因她们的孤立而忧愁。能够吃饱肚子，又能拥有最明亮的珍珠。我愿意在浅湾陪你玩耍，在每一个宁静的夜里。

那些日子是我最快乐的时光，用我自己的方式陪伴你，哪怕你全然不知这位暗恋者的存在。

有一天你突然深沉起来，把身体靠在岩石上一动不动。我猜是心情不好的缘故。

人鱼们在一艘沉船中发现了大量的珠宝，那些工艺精美的饰品是人类文明的载体。她们争相抢夺，一件件披挂在身上。你远远望着，僵直着身体不肯向前。

我在你眼中又一次看到了小女孩的光，和许久不见的忧伤。

你知道就算游过去也是自取其辱吧。人鱼真是奇怪，只因为不肯唱歌，不和大家做同样的事，就不约而同地排斥你。

看着这样的你，我突然感到自己一无所有，我把自己当作珍珠送你，你却向往璀璨的宝石，就算把你轻轻抱在怀里，你也无知无觉。

我的爱如此虚无，在此刻显得毫无意义。

悲伤的时候，天总会下雨，我也不知那算不算眼泪。

你很多天都没再到礁石上来，我们像一对冷战的恋人，我无声等待着你——我也只好等待。

再见面时，你看起来成熟又冷艳，颈上那枚巨大的红宝石，在冷清的海水里散发着咄咄逼人的光芒。

我本没预料在这样一个夜晚见到你——这样一个，狂风骤雨的夜。

心中隐有不好的预感。

这是我第一次听到你唱歌，歌声柔美到震撼的程度，几乎惊落天上的星星。我突然明白了为什么她们不肯接纳你，因为你是这样的高高在上，一举一动都昭示着美的极致。

Helen，想到为你取的名字我就扬扬得意。

你唱歌了，在暴雨的夜晚。

三艘客船因你的歌声而迷航，它们的尸体斜倚在山岩里，融入先前那座庞大的坟场。

你还是屈服了吧，最终选择投向这刺激又热闹的游戏。

和我的共处是寂寞的，哪怕我变出再多种人鱼的尾巴，终究还是比不过与你的同类一起嬉戏的愉悦。

好在，你把落难的船员一个个送上岸，然后头也不回地沉入海底。我想，就这样也好，至少你仍保有自己的风度。

这样的次数多了，终于你遇见了他。

当你轻轻摆动着尾巴，把他推上沙滩的时候，神色的不同是那样明显。离去时你恋恋不舍，足足回了三次头。

又是很多天不见，我在淡漠的忧伤中度过了这些夜晚，终于记起自己是整个宇宙的月亮，照耀你的同时照耀着其他生灵。我欺瞒自己却又清醒至极，你的生命中已有了爱意。

你当然会爱一个人，在这样美好的年纪。你是那样可爱，又有谁不会接受你？

而我向来无聊透顶，料想你永远也不会注视我。

又见面时，你俏皮的尾巴变成一双腿，我不知你付出了怎样的代价，但那一定不是易事。

我的小美人鱼，从此我再也无法像你，无论变成弯弯还是圆圆，都再也不能和你产生联系。你已有了璀璨的珠宝，更有了新的伴侣。

那青年送了一支长笛给你，抑或是你向他索要的，总之无人之时，常常见你练习笛曲。

雨夜里，你不再唱歌了，而是改为吹笛，你吹的曲子一样迷人。礁石背面的残骸越堆越多，船尸之山也越来越高，在黑夜中构成相当可怖的场景。

你和那青年不甚往来，却时时刻刻拿着那支笛子，你思念他，就好像我思念着你。

我知道我的暗恋要永远地沉入水底，你已经变成了真正的小女孩，可以和心爱的男人长久厮守在一起。

某个夜晚我看到水妖，才知道你为这双腿付出了什么代价。

你没有了舌头，一并把歌声从生命中彻底抛弃。那天的雨很大，因为我的悲恸大过任何一个凄楚的时刻，你可以自由去爱任意一人，但何必为他损伤自己，我的眼泪全部落在你的身上。可你还是吹笛，对着汹涌无际的海浪。

你好像执著于吸引船只，和此前的做派完全相反。因你触礁的船只多过之前所有人鱼引诱的总和，残骸垒叠，几乎要高耸入云。

你的双腿行走起来似乎很痛苦，那疼同样疼进我心里。

我听到水妖对你说："用这把匕首刺进他的心脏，鲜血滴在你的腿上，你就会重新长出尾巴来。"

你笑着摇摇头，咬牙继续前进。或许你整个白天都在练习行走，可惜我看不到，只能见到黄昏时已疼到浑身颤抖的你。

你如果爱的是我，我可以带你在夜空中遨游，管你长的是鱼尾还是双腿。

你练习走路的这些日子里，天天下雨。

水妖说："如果他有了新娘，你就会变成泡沫。"

你还是笑。笑的时候抿紧了嘴巴，不肯张开来。

我忧伤地看着你，你不再进入大海，我也就连倒影都无法到你身边去。

晴的夜里你不来，只有雨夜才吹笛吸引来往船只，我被乌云层层遮住，见你的时刻越来越少。

但我还守着这片水域，盼着哪天你又变回来，会在无风也无浪，无雨也无雷的夜晚到礁石上来，到海水中来。

等待是那么漫长，企盼与失落的反复煎熬，让我忘记自己已孤独了四十多亿年。

当你浮上水面的那一刻，有没有感觉月光一下子亮了很多，那是我惊喜得不知所措。

我看着你爬上礁石，走上沙滩——你现在已经可以非常熟练地走路了。

你向着船的坟墓走过去，红色的秀发在漆黑的风中飞舞。明媚夺目的你，在死亡的坟茔里像一团温热的火。

你踏上了第一艘船，它在你脚下发出疼痛的呻吟。

"吱呀。"我的心也跟着悬了起来。

你接着向上爬,手脚并用,越来越高。

那这时,有没有感觉到月光在微微颤动呢?你呀,离我越来越近了,可我还是不知你的目的。

那座船山原来是有尽头的,我以为它高到通天,其实还差得远。爬上山顶的时候,黯然的神色证明你也曾这样想过。

你爬到天上来,要做什么?

我的心突然一惊,再看你,你正仰头看着我,眼中流下泪来。

那是多么奢侈又不切实际的幻想——

或许,你也爱我。

你一步三回头是因为他身上那支长笛,你需要一双腿来攀爬,也需要有船垒成通往天空的阶梯。伶俐又勇敢的你,做了这样的选择。

可也真傻。

我心如刀割地看着你,已不知自己是悲是喜。渔民一定在怪最近常常下雨。

我自然欣喜,欣喜到忘乎所以,可转念想到你哭泣的双眼……你又如何真的能到达天空呢?

过去只知道爱你,只想要长长久久陪伴着你。可当发现你也爱我,竟一下子慌了手脚。

爱上月亮,你这个小女孩可怎么办好呢。

我以为我们是没办法的了,然而活了几十亿年的老古板,竟也比不上你的聪明。当水妖最后一次问你,是否要把匕首刺进他的心脏时,你仰起头看我,眼里是狡黠的光亮,脸上泛起胜利又幸福的笑容。

匕首从你的手中滑落,很快沉入水底,我看着你浸在水中的身体慢慢融化,融化在我的倒影里。

真的抱到你了,那是带着香气的温热。

泡泡一个一个飞上天空,每一个都载着你的笑脸。

啊,竟然……

我没有想过你会有这么多小诡计，连水妖都被你骗过。

泡泡飞到我的身边，个个亲吻我的脸。

从此你是这天空的一部分，每晚都能与我见面，我看到你的双腿又变回了鱼尾巴，听到你张开了嘴唱歌。

你游弋在广阔的星河，先是绕着我，而后又跑远了，红色的长发在夜空飞舞，每一颗星星都变成了你的首饰。我虽动弹不得，却同样感受你的欢乐。

唱吧，笑吧，在我身边无须有任何的顾虑。

我是这世上最最幸福的月亮了。

那晚，又下了好大的雨。

虽然近在咫尺，我还是写信给你，每个字都化为天上的繁星点点，好让你看得清楚。

好吧，我承认我是怕你玩得忘乎所以，好几天都不回来看我。Helen，看到我的来信，一定能记得了吧。因为抬头见星河，是我，低头看到海面，一言一语都化为萤火，也是我。

玩累了，就钻进我的怀里好好睡一觉吧。我虽然是冷的，但也可为你而温暖起来。

啊，天就要亮了。我最后，再悄悄问一句。

明晚，你如果还来，能不能再亲亲我？

　　　　　　　　　　　　至少此刻，只属于你一个的月亮

这年头相亲不如抢媳妇

文 莫方戈

◈ 一张机 ◈

亲爱的公主：

　　我要给你讲述一个发生在很久之前的故事。

　　在很遥远的以前，去人间抢公主当老婆这个习俗莫名其妙就在龙族内部流行了起来。

　　雄性龙族开始着了魔似的去往人间抢公主，然后在回龙山的路上被人间的法师、骑士、王子各种虐杀。

从此，公主们和各自的法师、骑士、王子过上了幸福美满的生活。

接着又是一批龙族积极地去人间送死，为他人作嫁衣。

对于这样有点缺心眼的行为，我本人其实是不屑的，但好巧不巧，那一年我五百岁，而五百岁，正好是龙族成年的岁数。

于是我名正言顺地被自己的老娘踢出了山洞，命令我没有找到媳妇就别回家了。

但我看了看山下因繁华而卫兵遍布的城镇，觉得按照一般逻辑去抢公主的行为真的不行。

首先，我才刚成年，和那些活了不知道多少年的光棍叔叔比起来，我的法力真的低到不行，估计不用回龙山就直接死在公主的城堡下。

其次，那些被龙族叔叔抢回来的公主，她们的长相让我明白了物种的多元性。

我觉得自己还是有点儿追求的，比如说好看，再比如说好抢。

于是当你从天而降的时候，我毫不犹豫地飞下去接住了你。

这在人间叫作什么来着？哦，叫天赐良缘。

二张机

亲爱的恶龙：

首先我需要告诉你，人不管丑不丑都要多读书，龙也不例外。

就拿我跳崖掉到你怀里这件事举例，那不叫天赐良缘，而是叫作刚出虎穴又入龙潭。

想我钟御也是京城一枝花，从小也没少仗着父亲是尚书到处惹是生非，问题是，怎么就有人看中了我这朵霸王花？

而且还是宫里的那位丑太子？

所以我只是郁闷地想爬山散散心，没想到一群人追着我要我想开点儿。总而言之，我是被吓到华丽丽地摔下悬崖的。

可你居然将整件事情理解为天赐良缘，并且要求我以身相许？

开玩笑，我难道是那种因为你长得好看就答应这个无理要求的肤浅女子？

抱歉，我还真是。

◈ 三张机 ◈

亲爱的公主：

首先我很感谢你对我颜值的肯定，我也觉得你很好抢……不对，是很好看。

◈ 四张机 ◈

亲爱的恶龙：

对不起，我的父亲不同意我们的婚事，祝你遇见比我更好的人，或者母龙。

◈ 五张机 ◈

亲爱的公主：

我现在在荒郊野外给你写信。

其实我明白你父亲不同意我们的婚事。

毕竟谁不想当皇亲国戚啊？

所以你父亲带着一堆人来和我大眼瞪小眼时，我就知道他来者不善，我也知道你在我怀里一边装柔弱一边给他使眼色，于是他也不好直接打脸，只是给我提出三个要求。

那就是拿出比太子的聘礼更贵重的东西出来。

我其实对于这个要求有点儿蒙，傻愣愣地转头就走，走了好几步才返回来摸摸你的头。

你还记得我跟你说什么吗？

我说，媳妇乖，等我回来哦。

媳妇，其实我想偷偷告诉你，我还学到人间一句话，叫作男女授受不亲，既然我们两次授受有亲了，那你就是我的人了。

所以不要担心我，一定要等我回来哦。

◈ 六张机 ◈

亲爱的恶龙：

虽然很不好意思，但我也想告诉你，那天你摸着我的头时，我的心脏怦怦地跳得飞快。

还有就是，虽然会打我写的上封信的脸，但我一直在等你呀。

从你走的那天起，我就一直莫名其妙地站在窗口，傻傻地从黄昏等到到清晨再等到黄昏，侍女给我端上来的五香猪蹄，我一口都没动。

那可是我最喜欢的食物。

我觉得很奇怪。按理说，我看见帅哥走不动很正常，什么玩笑话我也开过，但这一次，我好像有点希望你会回来。

为什么呢？

每次我这样问自己时，我的眼前就会浮现起你的眼睛——亮亮的、清澈的。喂，恶龙，我有没有说过你的眼睛很好看，那是一双不会骗人的眼睛。

我好像有一点点真的喜欢上你了。

侍女小跑着将一张信纸递给正在梳妆的女子，那张信上只有一句话，但那女子看完后却欣喜地跑到了窗口。

在那个小小的窗口下，有个憨厚的少年背着几个麻袋与她遥遥相望——

"媳妇，我回来啦。"

◈ 七张机 ◈

亲爱的公主：

我实在不确定你的父亲看着我带回来的那几麻袋黄金所做出的表情是什么意思。我有点儿不安，毕竟我娘亲有点儿抠，只从我家库房里分给了我一点点。

但你父亲一直不说话，我想他大概是有点儿满意的吧。

然后，媳妇我真的很抱歉，直到你父亲提出第二次要求我才知道，原来你的身体一直不好。你放心，我一定会从那座山上采回来千年雪莲给你治病的。虽然你急得跳脚说那座山上只是传说有雪莲生长，从来没有人类爬上去过。

可是媳妇你忘啦，我不是人，我是龙啊！

但是我看见你急得为我掉眼泪时，我真的很开心，很开心我能影响你的喜怒哀乐，所以我低下头舔去你的眼泪，可你怎么脸红着狠狠打了我一巴掌啊？

我现在脸上好疼，等我回来要媳妇吹一吹。

还有，媳妇，我也很喜欢你呀。

❖ 八张机 ❖

亲爱的恶龙：

　　你的家是住在黄金矿上吗？你带来的黄金都足够建造一整个国家了好吗？

　　还有哦，跟你讲一个笑话：我们相府里的下人都说我得了相思病，每天都只会坐在窗台前有意无意地盯着西边看。西边其实什么都没有，只有那座雪山。

　　而且我开始看一些从不看的四书五经，开始笨拙地绣一些女工式样，随身伺候的丫鬟还取笑我，说我老是说梦话。

　　"你回来吧，我以后再也不浪了，安心做你媳妇好不好？"

　　真的很好笑啊，我才不会说出这样的话呢。不信的话你可以回来自己看自己听啊。

　　喂，你不是说自己是龙吗，你怎么还不回来啊？

　　站在窗口的那个叫作钟御的女子终于因为不吃不喝昏睡了过去，她的父亲坐在床边，忍不住深深叹了一口气。

　　他知道自己女儿并没有传言中那么不堪。她的母亲早早去世，没有人陪女儿玩，他便向皇帝求了情让女儿进了书苑，但大多数小孩都觉得她是个女孩，哪有资格和他们一起念书？明里暗里少不了欺负她。

　　他明白，他的女儿，只不过是不想让自己和那些官员起冲突才强硬起来——谁骂她她骂谁，谁打她她打谁。毕竟小孩家的事大人插手那就过了。

　　至于太子，他和钟御从小一起长大。想将女儿许配给他，只不过是想保护女儿罢了。

　　钟尚书捋了捋钟御的头发。

九张机

亲爱的公主：

你知道吗？我回来的时候心里总是不安，总觉得哪里不对劲，来不及化成人形便在云层中穿梭，落在了你们尚书府的庭院里。

有很多看见我真身的下人尖叫着跑开，但我只是闻着你的气息追寻过去。

你的气息已经非常虚弱。

我着急地上楼，在你父亲复杂的眼光中，轻轻推开了门。

可能是我和媳妇你心有灵犀吧，我一进门，你便慢慢睁开了眼睛。

你的脸色好苍白，我连忙跑过去扶你，手中的袋子跌落在地，一朵又一朵白色的莲花所散发的奇异莲香将你父亲吸引进来。

"这……不都是……万年雪莲吗……"

"你怎么才回来？"我听见你虚弱的开口。

媳妇你都不知道当时你的脸色多苍白，我急忙把怀里那朵小巧的蓝莲花撕碎塞入你的口中。其实我还想告诉你，那座山上的雪莲特别好看，我找了好几天都给你带回来了，这一株蓝莲花长在山顶上，特别好看，我是特意带回去想送媳妇你的。

很显然，你父亲并不给我解释的机会，他气得直发抖，我有点儿不好意思，媳妇你也应该一样吧。

可你父亲就是这时给了我第三个挑战。

他严肃地看着我，这个眼神我看见过，就在我被踢出山洞时，我老娘的脸上。

这说明第三个挑战肯定异常艰难。

"赶紧走，以后好好对我的女儿，不要让她受委屈。"

我："嗯？"

"你还不懂吗？"你父亲轻轻一叹，"你们龙族在人间做了很多不好的事，有人来抓你了。"

"那爹你怎么办……"媳妇你一边礼貌地开口，一边利索地整理行李。

我觉得媳妇你应该锻炼一下演技。

◈ 十张机 ◈

亲爱的恶龙：

我觉得你在找抽。

我有那么多好哥们，还有太子那个兄弟，我父亲一丁点儿屁事都会没有的，你少多管闲事。

而且明明你就在屋外，为什么要浪费纸写信让儿子递进来？

还有，明明你就知道我不是公主，为什么一直以亲爱的公主开头，别说什么我就是你唯一的小公主，说，是不是外面有公主了？

亲爱的恶龙和长着龙角的小孩探着头往山洞里望去，急躁的夫人抱着肚子来回走动着。

"看什么看，去山下接你外公和皇帝舅舅去！"

一大一小吐了吐舌头，两个人一起跳下悬崖，两声龙吟在山下回响，似乎在争着谁的声音更大更威武。

至于那个妇人，她慢悠悠地靠着石凳坐下，他们一家的山洞建在半山腰上，她抬眼望去，微风徐徐，云卷云舒。

她拾起放在石凳上的纸张。

"遵命，亲爱的媳妇。"

致吾生挚爱

文 梅艺璇

    我不大写信,天庭这个鬼地方的人,文化素养都不高。问了几个人,也都不知道信的开头该写些什么。不过还好观音娘娘善良,略微指点了我几句,告诉我,信的一开始要写打招呼的话。可我平时和旁人打招呼,都是冷峻的微笑,所以我需要先笑给你看:

    ∘ ∘
    ∨

    观音娘娘还说,信要用第一人称。我不大明白什么是第一人称,正打算仔细请教一番时，王母那边传话：三缺一。观音顾不得和我多言便风急火急地跑了。没办法，我只能抓着天庭最闲的师傅问个明白。但自打豆沙色系在人间火起来之后，作为时尚弄潮儿的师傅便醉心于美妆，成天在试色和测评，更是无暇顾及我。所以，信的格式和措辞，可能多有不足，还请你见谅。

好了，交代完这些，我想我可以开始写信了。信的内容很简单，只是一个故事。而这个故事，要从一个叫作容婉儿的女孩讲起。

一

容婉儿十三岁进宫，这年龄算不上早。

宫外无拘无束的日子养成了她的脾性，让她在做事时，总透着那么一股子的野性。可老嬷嬷看不得手下的丫头做事这般粗狂，于是狠狠心，将这丫头撇在了静心苑。

静心苑在偌大的紫禁城中，并不起眼，可总能让人闻之色变。因为先前住在这儿的几位妃子，无一例外，皆暴毙而亡。久而久之，这里便成了紫禁城最为晦气的角落。为了镇压妖祟，更为了安抚人心，皇上便命人，将先前供奉在书苑里的一尊罗汉搬了过来。

所以，容婉儿每日的工作，便是打扫冷冷清清的静心苑，然后与这尊不再"高高在上"的罗汉作伴。宫里人都觉得容婉儿身上晦气，不愿与她往来，所以，日常能和她说说话的，除了院子里的一只野猫外，便再无他人。

但静心苑也有静心苑的好处，少了嬷嬷的看管，容婉儿自在了不少。

二

容婉儿喜欢拿着鸡毛掸子给罗汉扫去浮尘。她虽是个小个子，但偏偏那罗汉坐在供桌上，像顶了天似的那般高，容婉儿摇摇晃晃地踩着供桌旁的红木椅子，也才刚够着罗汉的耳朵。所以平日里，容婉儿要日落之后才行动，不为别的，这日落之后嬷嬷们就没工夫来静心苑，也就不会撞见自己对罗汉的这般大不敬。

但今日，可是宫里选秀的大日子。嬷嬷们忙都忙不过来，容婉儿一心惦记着干完手上的活儿，能偷偷溜出去看热闹。所以，未到正午，静心苑的活儿便了了大半。只剩下拾掇罗汉。

像往常那般——容婉儿腰上别好鸡毛掸子，胸前掖着濡湿的帕子。手脚并用，颤颤巍巍地站在了红木椅上。日头正亮，房间里光线充足。罗汉也不再是平日里黑魆魆的模样。

这罗汉可真凶。

容婉儿一边抹着罗汉光亮的脑门，一边学着罗汉瞪着眼珠子。眼珠子滴溜乱转，这一转便瞥见了她平日里未曾留意的地方。

罗汉身后的墙上，竟歪歪扭扭写着一行小字：

想要头发，愁。

容婉儿抑扬顿挫地念了出来后，顿时伏在罗汉肩上，像个铃铛一般笑个没完。

这定是之前哪个在这服侍过的秃头小太监，趁人不备偷偷写下的。

想着，容婉儿用帕子使劲儿搓了几下，便将墙上的字迹擦得干干净净。

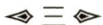

三

半月之后，皇帝带着新妃子去春猎。听说新进宫的这位娘娘可是个大美人，皇帝喜欢的不得了，生怕春猎途中累着美人，前前后后竟带了二十多个嬷嬷贴身伺候。这样一来，容婉儿又钻了空子，这几日，常常是睡到日晒三竿，方才懒洋洋地爬起来。

日头正红，容婉儿可不乐意顶着太阳打扫院子。于是折回房去，别起了鸡毛掸子，攀着罗汉爬上椅子。

罗汉依旧瞪着眼珠子，凶神恶煞。

容婉儿掸着罗汉的光头，便忆起上次那秃头小太监的留言。想着，眼神便又飘向罗汉的身后。竟又发现一行小字：

想要容婉儿的头发，嘿嘿。

字迹依旧歪歪扭扭，但容婉儿却没有了笑的心思。这哪里是过去淘气的秃头小太监，分明是罗汉闹了鬼。想着，两眼一抹黑，还没来得及叫唤一声，便从椅子上跌了下来。

◆ 四 ◆

再醒来的时候，天色已黑。静心苑里漆黑一片。容婉儿鼓起十二分的胆量，爬了起来，一路小跑着，点亮大大小小房间里的灯蜡。

再返回罗汉身前时，灯光下的鎏金罗汉看着柔和了起来。金光闪闪，一副鬼怪不可近身的神圣模样。容婉儿不想让好奇销蚀这漫漫长夜，于是，壮着胆子一鼓作气，端着灯油又一次站在了红木椅子上。

灯光下，罗汉身后的小字影影绰绰，但也能辨清模样：

就要一根，嘤嘤嘤。

这罗汉可真不是什么正经罗汉。用嬷嬷的话说，像是个下贱的妖媚胚子。可容婉儿转念一想，何苦为了这区区一根头发，惹恼神仙。想着，便挑了根最长最粗的头发，狠心一扯。然后，团在罗汉的手里。

◆ 五 ◆

第二日，天还未亮，一夜难眠的容婉儿便端着灯油，手脚并用地爬上椅子。果不其然，头发不见了，罗汉又说话了：

寂寞，有了头发，也想有个朋友。

"朋友？"

容婉儿低声念叨着。莫说罗汉，这偌大的紫禁城里，她容婉儿也是一个没有朋友的人。如今被困在这静心苑，之前的小姐妹对自己更是冷若冰霜。想着，鼻子一酸，泪珠便大颗大颗地涌了出来。

许是哭累了，泪眼蒙眬间，容婉儿从罗汉的肩上抬起脑袋，看到身后的墙上，写着：

说错话了，愁。

◈ 六 ◈

容婉儿觉得，罗汉大概会是她这辈子唯一的朋友了。

她常趴在罗汉的肩上，和他说些悄悄话。

容婉儿：我今天又遇到那位将军了，白袍长枪，好不威风。

罗汉：他头发很多吧。

容婉儿：他对我笑，还说我肤白。

罗汉：小畜生眼睛往哪瞅。

容婉儿：我见到他就心慌呢。

罗汉：你见到我还晕倒呢。

容婉儿不再说话。

罗汉：又说错话了，愁。

容婉儿摇摇头，拿小脑袋在罗汉的肩上蹭着。半晌，荡着笑意，红着脸开了口：

我想我喜欢上了他。

罗汉没再说话。那一年，容婉儿十六岁。

◈ 七 ◈

容婉儿喜欢的将军，常在静心苑附近出现。但她只是个地位卑贱的使女，自是不敢多问对方的身份。只见他器宇轩昂，英姿不凡。想来应该是位意气风发、年轻有为的将军。

将军是这紫禁城中,最乐意和容婉儿说话的人。容婉儿至今记得,初遇将军那日,是在紫薇树下。

将军笑她矮子,伸手替她摘下那枝花苞最为丰满的紫薇花。

"在哪里当差?"

"静心苑。"

"嚅,那地方冷清,不害怕吗?"

"不怕,那有……"罗汉的秘密,险些被容婉儿脱口而出,话音停在半空不知如何落下,正窘迫得涨红脸时,只听将军一声坏笑。

"有我对吗?"

这一句话,让容婉儿本是风轻云淡的少女心思,兵荒马乱地胶着起来。落荒而逃之际,只听身后传来将军的声音:

"我喜欢紫薇,而紫薇花像你。"

◆八◆

将军一连消失多日,容婉儿便随着心神不定了多日。

每日下来,她都要俯在罗汉肩上七八次,悄悄说着心事。可罗汉却不再写下任何回复。真像是一尊鎏金罗汉,冷冰冰的不近人情。

◆九◆

将军再次出现的时候,鹅毛大雪,纷纷扬扬。他依旧只着白袍单衫,宛如仙境少年。

容婉儿在雪中一路奔行,红着脸也红着眼,在距离将军一臂的距离时,猛地定住。而将军伸出的手,也无力停摆在了半空。被拥抱的空气,显得局促而尴尬。

"好久不见,你去哪了?"容婉儿只在刚刚一瞬间,顾及到了身份有别。可转眼间,话一出口,便出卖了自己的心思。

"婉儿,我要和你道歉。"

"歉从何来?"

"你只知我是位将军,可怎么不想想,后宫之内,将军怎可随意出入?"

"那你是?"

容婉儿的睫毛上结了冰晶,说话间,微微发颤。

"我是南无金身罗汉,世人多叫我沙僧。"

"你就是屋里的那尊罗汉?"

"天庭无趣,我常以罗汉塑身为形,寄居人间游玩。"

"那为何你也是将军?"

沙僧不再说话,转过身子。脚下大雪无痕,干净得能照出一个人的心思。

"起初只嫌弃你笨手笨脚,对我有失敬意,所以我……便幻化人形,想捉弄你一番。"

"捉弄?"容婉儿低声道,"罗汉是捉弄,将军也是?"

紫薇树下,女孩儿的眼泪决堤太快,只是这一次,挂在脸颊尚未落地,便已成海。

"我没想到你会动情。"

……

"更没想到,我也会动心。"

十

紫薇树上的雪花层层叠叠,落了几层。沙僧攥着容婉儿的手,久久不放。

"我闭门几日,已下定了决心。要放弃修行娶你为妻。所以婉儿,再给我一月时间,之后,哪里紫薇花开的最盛,哪里就是我们的家。"

"可你是……"

"我沙僧是佛祖的罗汉，可更是你容婉儿的将军。罗汉心中有佛，可将军心中有你。"

话语落了，沙僧踏雪而去。容婉儿手中，多了小小荷包一枚。而荷包之内，容婉儿的那根青丝，尚还残存着一丝沙僧的体温。

至此，我的故事讲完了。想必你也一定猜到我是谁了吧。

我就是那个说好一月必返，但却足足拖了两月之久的沙僧。而糊涂如我，竟忘了天上一日，地下一年的规矩。想来，我们已经六十年未曾相见。

但婉儿，如此这般，实为迫不得已，绝非负心与你。因为得知我要放弃多年修行，做一凡人，佛祖恼火，天庭不悦。这凡间甲子，于你是肝肠寸断，仙界两月，于我更是步步维艰。但好在如今柳暗花明，我的诚心终于感动三界，即将可以获准，以凡人身份，与你执子之手，与子偕老。

婉儿，近日我常激动难眠，也多从仙人处打听你的近况，得知你依旧留在深宫，但早已不再是那个任人欺负的容丫头，而是目无他者，风光无限的容嬷嬷。

我相信你依旧记得我。

也知道你已恨透了我。

做此猜测并不难，看到你如此狠心的对待紫薇姑娘，又是怒骂又是针扎。便猜到，定是紫薇二字让你想起了当初那句"我喜欢紫薇，而紫薇花像你"的承诺。真真是委屈了紫薇姑娘替我受刑，也真真是委屈了我的婉儿，苦候我多年。

答应我，别再难过，我们这就回家。

爱你的沙僧

没见过几千岁的妖怪怀春吗

文 胡点点

伏黎：

犹记得我跟你的故事都是从一场作弊开始的。

我第八次站到龙门前，表情十分悲壮。

跃龙门试百年一回，我头次来的时候还是个青涩少女，那会儿都快到适婚年龄了，却还没混出个神仙的名号，实在是丢人。

"哐——"开试锣响。

我长吐一口气，摩拳擦掌准备上场，裙摆却突然被人施法术掀起来一个角，啪嗒嗒掉落几只七星虾。

"龙七公主，你都考了八百年了，怎么还以为跃龙门是真让你跳过去？"试官老头儿抚着胡子叹气，恨铁不成钢。

寒黎山的南边有一湾月牙湖，湖水皆是无根水，相传一位上古仙人在此处静修数万年，灵气逼人，七星虾便生长在那里，汲取日夜精华，是上等的灵物，其尾一甩能上蹿千尺。

当然，我是后来才知道那位仙人是你。

这几斤七星虾原本是大哥抓回来给大嫂做麻小的，我一听此物弹跳能力惊人，连忙从锅里救出来几只，彼时被抓了包，只恨当时的锅不够热。

远远地，我听见别的小水精们看着我这位头上长犄角的公主犯起了嘀咕："龙女也要跃龙门？"

一旁憋了半天的年轻试官露出感激的表情，总算有人问了。

"绿里是北海龙王的小女儿，一个混血……"

我地低着头，不知道第多少次又把自己的身世听了一遍。

年轻试官继续说道："北海龙王年轻的时候出殿巡水，在荷池邂逅了一只浅水的鲤鱼精，说什么也要娶回家，按理说这事儿本来是不该允的，不过恰时北海龙王治水有功，相中的鲤鱼精也不是什么厉害妖怪，众神也就睁一只眼闭一只眼随他去了。"

这位鲤鱼精娘娘姿色出众，性格温婉，深得龙王喜爱，接连为龙王产下六子。眼看就要成就一段佳话，天却不遂人愿，在怀第七胎的时候，鲤鱼精突然患上了怪病，医来医去也不见起色，拼死产下卵后便卒于龙王怀中，众仙都叹红颜命薄。

北海龙王是个情种，对这只鲤鱼精尤其用心，她去世之后，人间的大雨下了整整三年，直到后殿传来公主破卵而出的消息才得以重归安宁。

"绿里早在卵里的时候就出了名，摆周岁宴那天龙宫人满为患。"

大家看见这个头上长着犄角、身后却甩着一条鱼尾的小家伙都觉得十分新奇，可是谁也没想到，这天上地下唯一的一头龙鲤竟没有一丝仙气。

众仙唏嘘。

"不过,这丫头长得倒是蛮好看的。"一位仙僚勉强憋出来一句。

"嗯,长得蛮好看的。"

"是啊,以后一定是个大美女。"

"恭喜恭喜。"

"恭喜恭喜。"

众仙四散。

"后来,绿里到了豆蔻年华,但她始终没有个仙籍,让龙王头疼不已,思来想去,要想给她一个正当的名衔,只有跃龙门一条路。"

八卦说完,年轻的试官折扇一拍,心里极为舒坦。

小水精们"噢"的一声恍然大悟,再转头一看,天上地下唯一的这头龙鲤我,刚买了五块钱麻小一蹦一蹦地往家走了。

看到有的小妖怪是娘亲陪着来考试,我叹了口气咬断一截麻小。

要不是父王今日不得空闲,他一定也会陪着来的。

至于娘嘛,我也只在传言中听过关于那个女人的二三事。

有人说她生的一张白净的小女子脸,典型的柔情似水;也有人说她眉宇间有一股英气,眼神不输男儿;有人形容她温婉贤惠,对龙宫的虾兵蟹将很好;也有人直言她泼辣性子急,一言不合就揪着龙王的耳朵踢屁股。

我扑哧笑出声来,父王那么严肃正经的一个美男子,平时愿意受自己的气,一定是多亏了从前娘亲的调教。

但这些我都无法考证了,我从未见过我娘,父王也因为痛心不让几个哥哥提起。

走到龙宫门口,我拍干净刚捻了麻小的手,蘸了口水在脸上抹出两道泪痕,接着哇的一声干嚎了起来。我爹见自家宝贝女儿受了天大的委屈,忙不迭放下手里的公文迎上来。

我："呜呜呜，父王，我又没考过。"

父王："没事没事，哪里人人都考过呢。"

我："嘤，父王，我又给北海丢颜面了。"

父王："没事没事，一点颜面而已，不是什么贵重东西。"

我："唉，回头我一定用功念书。"

见大事化小小事化了，我装作懊悔的样子撑着额头向后一转，这下总算发现殿前还站着位看戏的。

"对喽对喽，用功念书才是正经，儿啊，东西我都收拾好了，快跟老师去吧！"

我一惊，一声"啊"还没啊出口，只见看戏那位青年仙人一挥衣袖，就将我带上了一艘仙船徐徐驶去。一开始还能远远地看见自家老爹咬着拳含泪送别，不消一会儿，仙船便冒出了海面直冲云霄。

白云悠悠，我与这位青年仙人对坐于仙船之上，大眼瞪小眼。

青年仙人试探着率先打破尴尬："我看起来是不是挺不显老的。"

我不懂他说的啥意思，意味深长地"嗯"了一声。

伏黎，你是后来才告诉我的，你说当时你在心里吐了一口血，想着果然如今已经没有几个小辈认得你了吗。

你我之间相差了好几个沧海桑田，要我当时就认得你的确是为难了。但现如今不论谁再多为难我，我怕是都不会忘记你的模样。

你当时想，也对，如果认得你的话，是万万不敢偷虾偷到你头上的。

想到自己辛辛苦苦养了几百年的七星虾被人做了麻小，你又陷入了悲痛。

你说，都怪自己冲动，要不是为了追个偷虾贼追到了北海，那北海龙王也不会叫自己还旧时的人情，这下好了，还平白无故收了个徒弟。

你跟我大眼瞪小眼，最后妥协地叹了口气。

"你就叫我伏黎仙人罢。"

于是我这才终于得知了你的名字，"噢"的一声，做出一脸"久仰久仰"的表情。

过了一会儿，仙船稳稳地停在了某座位于云顶的山峰之上，那里的光景跟海底有天壤之别，重峦叠嶂，浓雾缭绕，抬头有成群的仙鹤，低头南边一个天池正悠悠地散着七彩霞光。

独栋院落式私塾，一对一专门教学，不知道学费要多少钱哇，我啧啧心疼。

"丫头，你爹说你没有仙气，你且在这儿熏着试试吧。"你把我领到一间屋里，"哐"的一声将门一关。

我一愣，看了一圈屋里的陈设，俨然是一个男人的房间！

贵族式收费，自习式授课，这老师黑心啊！我当时一边骂着可恶一边从包袱里掏出一只小乌龟绑了纸条传话回北海——"这个老师不靠谱。"

字儿还没写完，"哐！"门又被推开了。

"有仙气了没，我闻闻。"我的胳膊被一把拉过，长发被撩到背后，你就这样毫不顾忌地低头在我肩上耸着鼻子嗅着。

快到适婚年龄的我并非本意地贴着男人的颈弯满脸通红。

"唉，怕是还得再熏会儿。"你松开手自顾自愁着眉头又推门出去了。

原来是我爹说了，要是我在你这儿没沾染点仙气回去，他就要告发当年那桩御猫失窃案！虽说天帝不能把你怎么着，总归传出去老脸挂不住。

我还因为你方才的举动愣在门边，正巧看见门外的你转过身，掀起自己的袍子往屋里兜风，妄想把自己的仙气扇点儿进来。

待了一段日子，我发现了，你那儿根本不是什么私塾，是个养老院。

你这个青年老师长得虽然俊朗，却是一派老人家作风——每天早起泡壶茶，撸撸猫，提溜着个保温葫芦四处瞎逛，碰上我了就凑过来闻闻生出点仙气没，接而失望地摇摇头继续瞎逛。

"老师，你老实告诉我，北海龙宫是不是倒了？"我终于没忍住问。

你一脸惶恐："你是不是想一辈子赖在我这儿了！"

我沉吟了一阵，没搞懂你的脑回路。

你却误会得彻底，联想到从前种种，变得一脸悲愤。

"你说！你们北海是不是针对我！偷个猫，落到你爹手里；养个虾，被你大哥抓了去，还把个丫头送到我这儿没生出仙气不准送回去，我造了什么孽呀我！让我羽化了算了！"

你委屈得一屁股坐到地上，感觉地板有些凉对身体不好，又挪屁股去了边上的草地，把我看得目瞪口呆，好半天才吐出一句。

"原来那虾是你们家的呀。"

"丫头，冷静，冷静，这虾我可是养了好几百年啊，观赏虾，观赏虾你懂不懂？"你拼死抱住我不让我下湖抓虾。

"不！虾就是虾，好吃的虾！"我当时馋红了眼。

"你们北海是没虾怎么着！"你气得跺脚。

"你这个好吃！老师，你就让我吃吧！今天好像是我三千岁的生日！"想到麻小的滋味，我吞了吞口水，一把挣脱跳进了湖里。

看着我将一裙子七星虾哗啦啦地倒进锅，你心痛地握拳捶着胸口，心里一定在骂北海都是野蛮人。

花椒、八角、香叶……我从包袱里掏出一样样的料往里加，不一会儿就有香味儿从锅里飘出来，白猫也被吸引了来，噌的一声跳上了灶，你指着它骂叛徒。

"老师，你真不吃？"我剥了截虾尾丢进自己嘴里，又丢了只整虾给白猫啃着玩儿。

"我不吃。"你大袖一甩，表示自己的清风傲骨。

我咂吧咂吧嘴："这滋味，怎么说呢，首先虾自然是好虾，养在这灵气逼人的宝地，吸收的是日月精华，有一种不寻常的鲜美。我的手艺更不用说了，每个虾尾都灌满了汤汁，麻和辣中和得刚好，美味却不呛口……"

信誓旦旦说了"我不吃"的某位青年仙人，听着听着便魔怔了一般坐了下来，我暗笑着将一截虾尾递去你嘴边，眼看就要得手，你却突然将我的手反握在了自己手中。

你的手温暖又干燥，轻轻地托着我的手，就像握着一只小鸡，而我的手背搭在你的手掌里，就像探进了一湾温热的泉水，一股酥酥麻麻的感觉流进我的心里，让我一下红了脸。

伏黎，你呀你，根本没意识到自己的举动对一个快到适婚年龄的女孩儿来说有多暧昧，你低下头将鼻尖凑到我的手腕上，一阵轻轻的电流传了过来，让那头的我脸上又红了几分。

"吃了我的虾还没仙气。"你悲痛地碎碎念了一句，一抬头，这才发现我脸上的异样。

"这虾有毒？"

彼时我已有些头昏脑涨，只隐约看见你想伸手来探我的额头，但还没碰到我我就猝不及防地晕了过去。

迷迷糊糊中，我只觉得浑身发热，脑子也像一团糨糊一样梦寐不清。我感觉自己跌进了沸腾的热浪里，茫茫无际的黑暗从四处涌过来想要将我吞噬，这世上唯一的光亮便是我手里那杯清澈的泉水，我只有用力地攥紧……

我不省人事，这之间的事都是后来你告诉我的。

仙船之上，你一只手牵着我的手，另一只手翻着医书。

我这一病过去了五日不见好转，病征也奇怪，除了不省人事外，双腿还化为了鱼尾，鱼鳞不断交错变幻着绚丽的颜色，像是要就此耗尽我的生气。

你知道，吃个虾绝不会吃出这么大的毛病。

刚病你就带我回到北海，据说父王一看我的症状脸色便阴沉了下去，说这跟我娘当年得的怪病一模一样。

你得知我娘是在回过荷池后才有的病征，便宽了父王的心，刻不容缓地带我赶过去寻找这病的源头。

　　荷池坐落在一处偏远的丘陵之中，按理说应是一幅安宁的景象，但现实却恰巧相反，越靠近目的地就越是乌云密布、电闪雷鸣，向下望去，原本碧绿的荷池此时已变成了一潭死水。

　　你掐指一探，感知湖底妖气肆虐，以防万一先提了个土地公上来询问。

　　土地公行了三个大礼，才将此处的变故一一道来。

　　原来自打上任妖王殒命，妖界便以荷池为界割据成两派，一边主张和平，而另一边却急功好战。

　　和平派中多半是从前旧妖王的手下，好战派则是远处迁徙过来的妖精，几千年来两派纷争不断，闹得妖界不得太平。

　　"近日好战派势力大增，正准备对异党及不归顺者进行屠杀，大仙还是赶紧离开为妙！"土地好心提醒作了个揖，转念又一想，自己这是在替谁操心呢。

　　你这位大仙果然并不在意，你说，既然来了此处，就非得找到医我的法子不可。

　　不等土地公再劝，你便挥手化出一层仙障护住船驶入湖底，一低头，正好看见怀里虚弱的我睁开了眼。

　　"老师……"

　　我当时眼前一片混沌，却不忘将你的手又攥紧了一些。

　　突然，一群手持利刃的妖魔鬼怪挡住了我们的去路。"闯入者何人？"当头的大喝道，来势汹汹。

　　"别怕。"我记得你那时说话的模样，你望着我的眼神依旧柔情似水，周身却散发出久违的杀气，十分迷人。

　　你眼皮都未抬，轻轻动了动手指，身后便散出了乌泱泱一片如针尖般的鹤羽朝挡路者射去，一群妖魔还未来得及反应便已遭利刺穿心，霎时间血腥气四溢。

　　而你却没有再多看这片狼藉一眼，抱起我朝妖气最重的水宫深处迎去,却没想到这水宫的中央竟然是一团巨大的黑色氤氲,妖气便是从这里散发出来的。

你还在疑惑这团氤氲的来头,我却猛地被它幻化的黑色藤蔓拉扯了进去。

你说,你那时比当年打江山创立天庭那一战还要吓得厉害。

黑暗最终还是把我吞噬了,但是我却并不害怕,反而在这团氤氲里慢慢地平静了下来,这里的气息并不陌生,似乎在很久远的从前就与我为伴。

朦胧逐渐散去,我眼前的事物开始变得清晰,我看见一个英气十足的美丽女子,一只脚踩在大石头上跟对面的老大对峙,身后跟着一群小弟。

"黑熊精,我只不过是条鱼,你想唬我就唬我吧!不过当年白虎喝醉了酒,扬言要把我烤了吃,被我拿着蚌夹由双河村一直追他到黄老沙!有哪个不认识我荷池鱼姐的?大姐我两千岁就在荷池混,什么风浪我没见过?你现在带这帮小精怪来搞我的兄弟,你想唬谁?"

凶悍的姑娘的一跺脚,脚下的大石头立马碎成了无数块石渣,对面一群妖魔吓得一阵扑通跪倒在地,嘴里喊着是自己有眼无珠,求她饶过一命。

我正疑惑这姑娘是谁,画面突然一转来到了好几万年之后。

仍旧是刚才那名女子,百无聊赖地卧在蚌床之上,几个小弟走上前来跪拜她叫妖王。

原来她竟是妖王么?

"妖王娘娘!近日有个什么神仙到我们地头上搞什么测绘,说要治水!要不要叫几个弟兄给他个下马威!"小弟向她禀报。

女子一听来了精神,她统治妖界以来已经万把年没碰到找碴儿的了,好容易出现一个,怎么会轻易放过。

"让我亲自去会会他!"她抖擞了精神,一摆鱼尾便没了踪迹。

两个时辰后，女子回来了。

小弟们犯嘀咕，难道是妖王太久没打架手生了？打个小神仙竟花了这么长的时间。

女子一边挥着手给脸上降温，一边下达命令：

"你们听着！该挪山的挪山，该挖渠的挖渠，那神仙说什么你们就照做！人家是专家，专家知不知道！"

"还有，别去找他麻烦！"

小弟们倒吸一口凉气，原来竟还打输了。

我看着女子羞得脸红又要维持威严的可爱模样，不禁笑出了声。

后来这段日子，妖王便时常去跟那个神仙会面，每次回来都羞得一脸通红，在床上乱踢一通被子之后，又会一个人在房间里若有所思地踱着步。

原来，她对那个治水的神仙一见钟情，却苦于身份悬殊不敢接近。

"他会不会不接受姐弟恋？"妖王忧心忡忡。

好在，最后有情人终成眷属。

某天妖王回来，手里捧着一颗鸡蛋大的夜明珠，看她一脸宝贝的样子，想来应是那位神仙送她的定情礼物。

我往角落一看，发现她的床头摆着的那坨硕大的用来踩脚的石头原来也是夜明珠。

再后来的一天，妖王收拾好东西准备离开，她走之前依依不舍地把屋里每个陈设都打量了一遍。

突然，她看向了我的方向，好像还跟我对上了眼，我心里一惊。

妖王深吸一口气，运功从身体里源源不断地逼出黑气，逐渐汇聚成一个巨大的氤氲。

这是她的丹心，也是她的修为。

将它们存放于此，就说明她已经放下了妖王的身份，要用一个普通鲤鱼精的身份去做那个神仙的妻子。

想到此，我突然有些惋惜。

转眼又过去了好几千年。

这几千年里无甚大事发生，因为一直有小弟来打扫，这间闺房也一直维持着妖王走时的模样。

但是突然有一天，地下水宫里闯进了几个凶神恶煞的妖怪，他们杀了妖王好几个小弟，对着这团黑色的氤氲一堆折腾，发现无济于事之后，便气恼地将屋子拆了个干净。

再过了不久，妖王便回归了。

她依旧是美丽的模样，挺着大肚子一脸愤懑。

"想唬谁呢！"她运功将当年逼出来的功力又吸回了体内，紧接着匆匆离开，约摸过了几个时辰，又满身伤痕地跌撞进来，瘫倒在蚌床上。

看来她为了保护自己的子民经历了一场恶战。

我也不由得为她揪起了心。

在妖王又一次将黑气逼出体内之后，我的视角就变了，我似乎变成了这位妖王娘娘的眼睛，看到了她所看到的一切。

她回到了一个我熟悉的地方，依偎在父王的怀里。

她对着镜子摸着圆滚滚的肚子笑得很甜。

她病了，变得虚弱，父王看她的眼神也变得心疼和无奈。

她知道自己命不久矣，用一缕修为护体拼尽全力生下了孩子，然后永远的闭上了眼睛……

我心里一阵绞痛。

我总算明白了，为什么自己身上没有仙气，为什么自己身为龙王后人却老是跃不过龙门，为什么从前的老师说我没有仙根……

因为，我的娘亲是妖界最伟大的王，虽然并非本意，但她却将自己的妖根传给了还未成型的孩子，并且留下了只有她可以接收的礼物。

我在黑暗里挣扎了起来，黑气趁机钻进了我的身体，化为我的筋骨，融汇成我的丹心，变成了我身体的一部分。我的鱼尾由不稳定的幻彩逐渐沉淀为黑曜石一般的颜色，我的鳞片变得坚不可摧，鱼鳍如刀刃一般锋利。

随着我的一声呐喊，一道由水底生出的惊雷劈开了水面。

我甩着鱼尾矗立在空中，摸着自己的心脏，感受到了一股神奇又温暖的力量，这股力量从前属于我母亲，现在与我融为了一体。

我深吸一口气睁开眼，看见不远处正在发生的暴虐屠杀，遭受折磨的是那群我母亲生前拼死也要保护的子民——如今也是我的子民。

我鱼尾一甩，在两派之间劈开一道裂缝，我护在母亲的遗属们身前，淡淡朝对面张牙舞爪的妖怪头子说了一句：

"你想唬谁？"

几个月后，我百无聊赖地坐在蚌床上踩着夜明珠。

自打上次一战，我在妖界已经打响了名声，再没人敢胡作非为，荷池也找回了久违的平静，我便决心在这里住下了。

至于娘亲是妖王这件事，我也曾回过北海跪在老爹面前将原委亲口道来。北海龙王如遭重创，倒不是因为娘亲的身份，而是念及自己居然让心爱的人独自承受了这么多。

父王将自己关在从前娘亲住过的屋子里月余未出门，但我相信他始终会振作起来的。

看起来一切都尘埃落定，我心里却始终不得劲。

打群架的时候没出现，回北海的时候没出现，现在我都在妖界称了王还是没出现，你不知干什么吃的去了！

我甚至忧心忡忡，你会不会不接受师生恋。

越想越气，我一脚踢开半人高的夜明珠，正中前来禀告的小弟脚背。

"妖，妖王娘娘！"

"有屁快放！"

"外头来了一个驾仙船的厉害神仙！还，还牵来了一座山！说是要在你头顶上住下!"小弟很惶恐,"而且他,他已经把山在水宫上头的天上安好了!"

话音刚落,一支鹤羽穿水而过,直直落到我的鼻尖上。我摘下来一看,唇边便勾起了笑。

洁白的羽毛上书了两行字,字迹我是认得的——

"山很难搬,快来吃虾。"

绿里,一位上古仙人的妻子

见字如面：

  仙器监的罗大人你好，我听人讲呢，写信都是要说见字如面的。虽然我的字不好看，但我人好看呀，你这样想着，或许就能看完这封信了吧。

  我第一次见到你时候，是王母娘娘在瑶池设宴。大大小小的神仙都在这里，我是瑶池的婢女，当然只有端盘子的份。

  那些神仙一个个眼睛都长在头顶上，只有你，眼睛长在下巴上。

  我端着酒走到你面前，你还扯着一片莲叶，不知在研究些什么。

那会儿我还很欢脱,忍不住问你:"你看瑶池里人人都在玩,个个都在谈笑,在讲自己的功德无量,功法玄妙,你在干什么呀?"

你抬起头看了我一眼,眼神很亮,你突然把我拉到身边说:"你是不是快来月事了?"

我:"???"

你看起来很兴奋,很变态,把莲叶配上几样羽毛,施了点法术,就递给了我。

你说:"来月事的时候,你把它垫在胯下,看看是不是有奇效!"

我:"???"

那会儿我一头雾水,拿了你给我的东西,脑袋里都是你兴奋的笑容。

我听其他的天宫婢女说,你是仙器监里最不务正业的仙人,沉迷发明一些用不上的宝贝,比如你那天给我的"姨妈巾"。

你还一本正经,说:"姨妈巾怎么了,仙女就不用姨妈巾了吗?你想想,你在天上跟人斗法,突然就来红了,噼里啪啦往下边掉,多不雅观。"

我:"……"

我想了半晌,重重点了点头,说:"得确很不雅观啊。"

然后我就看见你呆得像块木头,呆了大约有几百年的工夫,噌的一声跳起来,哈哈大笑,看着我几乎要笑出泪来。

我听见你说:"没想到天庭里还有这样的人。"你又问我,"仙子,仙子芳名啊?"

我还没等回答,就又听到不远处传来一声呐喊,满腔怒火,愤懑难平。

"罗永明,你给我死出来!"

这声呐喊自带三个回声,还有瑶池里无数仙女的惊呼声,我知道,来的是个大人物——

哪吒三太子。

而你也明显尴尬起来,朝我拱拱手,讪讪道:"仙子,我们来日再会！"

我看见你匆匆踏云而去，这才反应过来，朝你大喊了声，说："我叫云晚，你听到了吗？"

你摆摆手，贼头贼脑地溜了。

后来我才知道，原来你做姨妈巾用的莲叶，就是从哪吒身上采下来的。

不久后我去找过哪吒，想打探关于你的消息，我那时可不是喜欢你，我只是对你有那么一点点的好奇。

那天三太子府上云淡风轻，哪吒右肩上缺了一片莲叶，看得我颇有几分尴尬。

我问他："三太子，那个罗天明是什么人，竟敢剥您的莲叶？"

哪吒看着九重天里的云，云彩飘来飘去，像是不为人知的往事沉浮在时光里。他沉默很久，才开口说起曾经。

他说你曾经也是个正经的神仙，刚刚飞升那会儿，意气风发，年少轻狂。无论是妖孽还是魔族，只要有来犯之敌，你都是冲在最前面的。

你挥着长刀，澄清万里烟波，魑魅魍魉敌不过你一刀之威。

奈何你仙法再高，也不过是冲锋陷阵的十万天兵之一，你没有办法左右天庭的决策。

哪吒说那天战事平息了，妖族的人都退了，他们决定给天庭进贡许多宝物，烧香拜佛，给天庭分许多人间功德。

玉帝便同意议和，凡间被妖族吃掉的人，战事里死掉的同袍，也就这样死掉了。

当年的你怒不可遏，冲上凌霄宝殿，质问玉帝："天庭这算什么，妖族是凡间的劫匪，我们天庭就是劫匪头子吗？"

我没有见过那番景象，我只是单纯地想一想，都觉得无比悲伤。那是一个年轻人的愤怒，悲慨而又无力，什么都改变不了，只剩下一腔热血，洒在白玉雕成的台阶上。

玉帝说："你还是太年轻了，天庭里这么多人，不议和，拿什么养你们？凡间那么多人，一直打下去，要死多少万？你说是打仗死的人多，还是让妖族一年吃掉的人多？"

哪吒还说，他曾经劝过你，说有些事就该睁一只眼闭一只眼，你不可能把三界所有不平事都管得尽。坐在天庭里，偶尔吃些蟠桃，涨分功德，延年益寿，何苦自寻烦恼呢？

哪吒说到这里的时候，眼神很怅惘，他喃喃自语说："罗永明告诉我，我的这番话，一点都不像曾经大闹东海的少年。是啊，但是少年总会成长的，我能闹东海，我还能闹天宫吗？即使我能闹天宫，我又怎么去改变这个世界？"

于是那个挥刀的少年，慢慢沉默寡言下去，有人说你每年都盯着凡间死去的无辜，有人说你在几年前上书，说凡间被妖怪吃掉的人，已经比当年交战波及的凡人要多了。

但都没用，天庭里的人都喜欢看歌舞，不喜欢听你说这些。

我喜欢听。

你躲在仙器监里做些没用的东西，我也喜欢看。

离开三太子的府邸后，我常去仙器监找你。你见到我来了，很高兴的样子，你咧开嘴笑，说我就知道你会来的。

我朝你笑了，说："我叫云晚，你怎么知道我一定会来呀？"

你也冲着我笑，说："很正常呀，你竟然会觉得我做的东西好，那你迟早会无处可去。"

我说："咦，为什么？"

你说："毕竟天庭里的正常人还是很多的。"

我忍不住笑起来，我想说我不喜欢那些正常人，我喜欢不被这个世界改变的人。

后来我常在仙器监帮你打杂，问你些从前的故事，你讲故事的时候眉飞色舞，只是关于你自己，你却只字不提。

只有一次，我们喝多了酒，你对我说，既然这个世界是没法改变的，我也不想对这个世界低头，我还是要跟他们不一样。

我重重点头,说:"我懂。"

你就笑起来,说:"你不懂的,你只是觉得这样很酷。"

有时候我回瑶池住,瑶池里的姐妹都问我,说:"你是不是瞎了眼,总去仙器监跑什么?昨天王母发下来的蟠桃,你又没有领到。"

她们问我,这样下去,还怎么长生不老?

我想起了你,于是笑嘻嘻地问她们:"你们长生不老,又有什么意思呢?"

她们都说:"完了,这小妮子一定是被爱情冲昏头脑了。"

我想说我才没有,我只是觉得凭什么啊,凭什么天庭里的人爱看歌舞,我们就要唱歌跳舞,我也想有我的故事。

那天我又去找你,正好碰上巨灵神找你的麻烦,他也曾经是你的战友,但好像对你一点都不念旧。

他嘲讽你做的东西,还动手动脚,你默不作声,我猜你是懒得理他。

但我不行,我气不打一处来,把被巨灵神踢走的东西抱回来,指着破碎的零件,对巨灵神一字字说:"拼起来!"

巨灵神看傻子一样看着我。

他嘲笑我,他又一巴掌把零件打飞,还说:"你跟着罗永明,脑子都进水了。他天天做这些没用的,你跟着他干吗?不如到我府上,进我的乐班。"

我啐他一口唾沫。

巨灵神恼怒起来,还要伸巴掌打我,我那会儿还心中冷笑,我想你一定会出手帮我的,哪吒都说了,当年你一刀出手,澄清万里妖气。

然而你告诉我,你不会出手。

你突然就说话了,你说:"要跟我做一样的人,就要受这样的气,这一巴掌你自己挨,你挨了这一巴掌,才懂不低头的代价。"

你的声音很沙哑,像是忍了很久,如同一把缓缓出鞘的刀。

巨灵神被这种声音吓了一跳,后来听清楚你说的话,哈哈大笑起来,说:"姑娘,你看清这人了吧?"

我怔怔站在那里，五味杂陈。

巨灵神很兴奋，他一巴掌甩下来。我闭上眼睛，紧接着就听到"砰"一声大响。

我好像不疼。

我睁开眼，这才发现你不知什么时候站到了我的身旁，一脚把巨灵神踹出三丈之外。你还皱皱眉头，说："巨灵神，当初在战场上，也没见你这么有力气。"

我眨眨眼，心想这是什么情况？

你叹了口气，扫了我一样，说："行吧，不懂就不懂吧，能一直天真烂漫下去多好，干吗非要懂些英雄迟暮，充满无奈与遗憾的故事。"

你又笑了笑，拉起我的手，眼睛里放出光来，说："走啊走啊，我带你看看我新做的东西。"

于是我也笑起来，还听见巨灵神从尘埃里大喊："罗永明，你个说话当放屁的小人！小人！"

你跟我对视一眼，一起哈哈大笑起来。

我知道，说这些陈年旧事，你未必会放在心上，毕竟你现在是天庭的风云人物，瑶池里的大小姑娘和玉帝的几个女儿，都很看好你呢。

我就是个小小仙女，你要是敢看上别人，我还能怎么办，我只能去婚礼上把你抢出来。

就像前几天你站在南天门外一样。

前几天里闹哄哄的，我跟你还在仙器监里，后知后觉才明白发生了什么事。

天庭总是议和，妖族在凡间沉下心暗自积蓄力量，一朝发难，兵逼九重天。十万天兵面对着百万妖众，杀不胜杀，我看见哪吒三头六臂飞过去，不禁扭头望向你。

你还在打铁。

我试探着问你，说："你还去迎战吗？"

你一边打铁，一边笑着问我，说："你觉得我该去迎战吗？"

我像拨浪鼓一样摇头，说："我怎么知道呀，是天庭不理会你，还总有些巨灵神之类的仙人欺负你，你是没理由去替天庭出战，但是……"

你似笑非笑，说："但是，我还要替我自己出战。"

锵然一声响，我眼前火花四溅，我看到你一直在打的铁终于成形，那是一把火红的刀。

你提刀挥手，说："云晚，我走了，我要去了断曾经的恩怨，你等我回来。"

你也没说等你回来做什么，我怎么放心就这样等着你，我肯定要追上去看的呀。我看到十万天兵渐渐折损，妖族的高手杀到前线，玉帝在后方焦急的大喊："再派人上，再派人上，定要拦住他们！"

然而早就没有人了。

你就在这个时候，提刀出现在南天门内，全场都感受到了你刀上的火，那些喧哗，那些慌乱都被这柄刀压了下来。

玉帝回头，见到了你，大喜过望，说："罗仙人，罗仙人快替朕抵挡妖族，朕定不会亏待……"

他的话没有说完，我就看见你飞起一脚，像踹巨灵神一样，一脚踹走了玉帝，然后哈哈大笑着，提刀冲到南天门外。

你说："这个世道好无聊，我要把它变一变，该受死的，都来吧！"

我终于看见了，那一刀澄清万里，魑魅魍魉，无处遁形。

天边的云像是一团火飞上去，缓缓烧着，从你大破妖族的那天到现在，已经烧了几个月。

所以本姑娘很想问问现在风光无两的罗仙人，你让我等你回来，究竟是回来做什么呢？

你不说，本姑娘可要说啦，你回来倘若不是要娶我，那你就不要回来啦。

你等着，本姑娘自己去找你。

云晚

北海
囡皮中卫

北：

  那夜我喝醉了酒。
  犹记得一颗流星划过天边，我一刀劈了太师，杀伤了太师府八十一个护卫。
  那夜京城分外得冷，许是这二十年来最冷的一天，我只觉得整个江湖都被冻住了，若没有一壶热酒，真不知如何挨过这最漫长的一夜。
  我寻遍京城，却无一处卖酒，只有那翠红楼的灯火阑珊处，传来的酒香引着我由东至西，穿过了整个京城。

那夜京城满城高悬的红灯笼，映在皑皑的白雪上，竟似前朝光景重现眼前。

一转眼，前朝灭亡二十年。

二十年前，皇后生下你时，我年方二十。那把佩在腰间的剑，是我及所有御前侍卫毕生的荣耀，我们都曾在第一次佩上这把剑时立誓，守护皇帝皇后一生一世，守护江河湖海一草一木。

我于前朝有愧。

一是未能护卫皇帝皇后，保住江山社稷。

那日京城血流成河，箭如雨下，我及所有御前侍卫浴血奋战，犹记得皇后轻抚琴弦，弹奏琵琶。皇帝则立在箭雨之中，看着满城疮痍，悲怆长叹，一曲终了拔剑自刎。

我身中数箭，虽执剑顽抗，却无力回天，只能任由一片前朝江山，破败在皇帝洒出的鲜血和一片夕阳之中。

二是未能妥善将你安置，让你流落至这青楼深处。

那日皇后摘下一对翠绿的翡翠鎏金耳环，放于襁褓之中，又将襁褓中的你交付于我，万千嘱托我带你出城，无论如何要养你长大，待你成人再对你说出身世。

我怀抱襁褓，冒死穿过箭雨，蹚过血河，终于出了京城，却再也无力支撑，昏死在了城外一片战死的将士之中。

我只记得在闭上眼睛前，在战死的将士之间，看了最后一眼襁褓中的你，及那对翠绿的翡翠鎏金耳环。

我再醒来时，你却不见踪影。

我愧为前朝御前侍卫，也愧对腰间的佩剑，我只能断了这剑，锻成一把圆月弯刀，踏入这水深似海的江湖。

一转眼，我已踏入江湖二十年。

二十年间，我一直在找你，却未曾想你竟在这青楼之中。

我问皇后："公主叫什么名字？"

皇后说："就叫北吧。"

北，这二十年匆匆而过，你可知你是前朝公主？

北，你又可知你在这青楼中弹奏的琵琶曲，是你的父皇所作，寓意国泰民安，天下太平。前朝灭亡那日，皇后弹奏的最后一曲正是此曲。

那夜我喝醉了酒。

一曲弹罢，你问我明日还能不能再来？

我心下迟疑，今日之酒已够醉人，若论及明日，当真不知是否能够存活于世。

我一时不知如何回答，眼神停留在你的耳环上，仔细端详，这才恍然发现，你和皇后竟长得极像。

我如万箭穿心，却无法多言，只能许你明日若再来，定在戌时一刻。

我在太师府内，又喝了一壶酒，出了九九八十一刀，杀了八十一个护卫，最后一刀把太师的身子整整齐齐劈成了两段。

二十年前，若不是太师通敌，前朝怎会在短短三个月内就灭亡，皇帝和皇后又怎会死得如此悲壮？

刺杀太师，是我于二十年间，除了找到你外，心头最重要之事，也是我二十年前，锻了御前侍卫的佩剑时，曾立下的誓言。

我度过了最漫长的一夜，整整一夜我都想着那对翡翠鎏金耳环，一直在想着你，以及前朝那些死去的人。

第二日对镜，鬓角竟生出了几缕白发。

我于戌时一刻，在翠红楼下犹豫不决，昨夜不慎将酒壶遗落太师府内，我就知今日若再来翠红楼，恐凶多吉少，何况朝廷已悬赏万两黄金缉拿我，整个冰冻的江湖都为此蠢蠢欲动了。

北，再次见你，我就知今夜这酒里有毒，我身在江湖二十年，若连这点都分辨不出，也无法苟活至今了，更何况你看我时的神态及举止，和昨日大不相同，定是心中有愧所致。

我已别无他求，死在你手上，或许也是命中注定，而我也别无选择，我若不死，你必定不能再活着。

只是有些话，我怕来不及说与你。

"赎你。"

这是昨夜我离去，得知你就是我找了二十年的公主时，唯一的念头，说与你听是为了了却我的心愿，虽然也只能说出来而已。

"江湖再凶险，但是终将入海，你若随我离去，我便退出江湖，从此江湖之事便与我无关。"

这也只是我一厢情愿的美好罢了，说与你是为了让隔墙有耳的朝廷之人打消对你的疑虑。

你问我去哪里？

我说去北海。

"北海？"

"北海。"

北，你或许只听过江湖，从未听过北海。

你或许只知道北海很大，比整个江湖都大，却不知道北海的水从来不会被冻住。

你问我北海的水是什么味道？

我用一杯加了盐的雪水配出了北海的味道，你即使没到过北海，也知道北海水究竟是什么味道了吧？

北海的水是眼泪的味道。

又咸又苦。

但是北海的水真的不会被冻住，只会周而复始地奔流不息。

北，你或许知道北海有大鱼，却不知道北海还有墓碑。

北海的墓碑就在一片鲜花盛开之地，那是前朝御前侍卫们用命，给皇帝和皇后立起来的。

北，我知道喝了这酒，我就真的来不了了，可我死了，你却能活，这也算我没有辜负皇后的托付。

唯一的遗憾，是在我喝了这杯酒之前，没能再听你弹一次皇帝所作的琵琶曲。

北，你看那城北卖酒的老儿，他也曾是御前侍卫，我断言我被行刑凌迟那日，他会用象征御前侍卫身份的剑自刎。

前朝御前侍卫都知道，剑在江山在，江山若不在了，人和剑就都要殉了这江山。

我们之所以还在苟活，是因为还有使命没完成，今日这信卖酒老儿会托人择日送与你，那时你会知道你并非如你所说，从小无爹无娘，你是前朝公主，是前朝皇室唯一的血脉。

北，其实那夜第一次见你，在还未瞥见那对耳环，我还未知你身份之时，我见你的第一眼，心里就被惊起了一片电光火石。

我一生未曾有过这种感觉。

能够为你而死，既是命中注定，何尝又不是一种得偿所愿？

只不过我真的想和你，一起到北海，在那片鲜花盛开之地，守护皇帝和皇后的墓碑。

一生一世。

生生世世。

那对耳环你一定要留好，不管遇到谁，就算再欢心之人，都不要轻易送与了。

愿北海之水奔流不息。

戊戌年 乙卯月 庚申时

我的男人是全民偶像

文/嗷呜

江湖八卦小报：

尊敬的主编，你好。

作为贵刊爆料专栏的忠实观众，在默默围观了许多年的狗血八卦后，我终于决定亲自上场，在这个金秋时节，为全国人民送上一个惊天大瓜。

这个大瓜的主人公，便是那个被称为江湖第一大侠、全民偶像的白衣人。

一

　　阿朱头一回见着白衣人，是在一个乌云蔽日，连着四周的山光水色都有些暗淡的正午。

　　阿朱在小亭子里等雨，忽觉身后一阵风动，她一回头，那身白衣便跌进了眼底。

　　乌云四散，风静树止，阿朱觉得自己要原地爆炸了。

　　这是一个迷妹，见到偶像的正常反应。

　　白衣人是江湖上最负盛名的侠客，他横空出世，永远都穿着一身翩翩白衣，手中三尺长剑，斩妖除魔，永远奋战在守卫正道的第一线。

　　作为六扇门新入职的一个小捕快，阿朱自然是以白衣人为职业理想与人生偶像的。

　　大雨转瞬倾盆而下，阿朱盯着雨幕，鼓起了勇气道："这么巧，你也在这儿躲雨？"

　　白衣人扫了她一眼，随即垂下眼眸："我是来捉人的。"

　　阿朱愣了愣，却见白衣人拿起石桌上的乌鞘长剑，径直走进了瓢泼大雨中。

二

　　白衣人是全民偶像、江湖大侠，一个如此牛逼的人物，有点比如爱淋雨之类的特殊爱好，也是可以理解的。

　　阿朱又又又又打了一个喷嚏，在心底这么默默地安慰着自己。

　　方才，她急着追上白衣人，竟忘了自己只穿着一件单薄夏衣，在大雨里冻得直哆嗦。好在白衣人发现了她，及时停下了脚步。

　　随后，她亲身体验了一把踏雪无痕的绝世轻功，被白衣人扔小鸡一般地扔进了这个破庙。

　　破庙里光线阴暗，风声雨声夹杂在一起，颇为可怕，阿朱悄悄抱紧了自己的膝盖,却听得砰砰砰几声轻响。

是白衣人用火石生了火,橘黄色的火光跃动着,驱散了一两分阴寒,阿朱不由自主地往光源处挪了挪。

这一挪,就与白衣人靠了边。

阿朱腾地红了半边脸,心中羞涩里带着一点小骄傲。

白衣人行踪诡秘,一向是神龙见首不见尾,与他挨着边一起烤火这件事,阿朱能吹小半年。

破庙外风雨飘摇,破庙内寂静无声,阿朱迷迷糊糊地烤了一会儿火,待到身子暖和了,脑回路才逐渐回归正轨,想起自己追上来的主要目的。

她千里迢迢赶来这迷迭谷,是来捉贼的。

捉的还是个大贼,常年占据六扇门通缉榜首的邪魔歪道界领军人物——洛无净。

"大侠,我也是来捉贼的。"阿朱侧过半个身子,眼底饱含期冀,"要不我们……"

刺啦一声,阿朱的话戛然而止,是白衣人突然起身,往火堆里扔了一把枯枝。

"我们……"火势突然蹿大,阿朱瞧了瞧白衣人面无表情的一张脸,又瞧了瞧自己屁股底下压着的半截布料,声音渐弱,"联手吧。"

三

洛无净是个很难搞的人。

他是除了白衣人之外的另一个江湖奇葩,世代家传的魔教教主,标准的无恶不作丧尽天良,却因为行踪比白衣人还要再诡秘那么一点儿而一直逍遥法外。

总而言之,这是插在六扇门心头的一把大刀。

这一回,若是能得到白衣人的帮助,阿朱有九成九的把握,能将洛无净缉拿归案，送进天牢。

虽说那一天在破庙里发生了颇为尴尬的事件，但阿朱并没有被吓退，她充分发扬了树不要皮人不要脸的精神，一路尾随在白衣人身后，蹭吃蹭喝，十分快活。

阿朱以往只知道白衣人一手剑术出神入化乃天下一绝，却没想到，白衣人烤鱼烤鸡的技术也毫不逊色，一到饭点，前方便传来阵阵浓郁香味，直往鼻子里钻。

阿朱捏了捏手里干硬的面饼，心情苦涩。她长叹短吁了一小会儿，认命地张开了嘴，啃着啃着，面前却突然出现了半只烤得焦黄、正淌着油的烤鸡。

阿朱受宠若惊，瞧着白衣人那张面无表情的脸，都觉得少了几分寒气。

蹭饭这件事情，有一便有二，连着几天后，阿朱便与白衣人混熟了。

混熟的意思是，她偶尔能在吃饭时与对方聊上两句，不会再被当成空气一般无视掉。

借着这个机会，阿朱也曾问过一个所有江湖吃瓜群众都十分关心的问题：白衣人为什么永远穿着一身白衣？

白衣的确是时下最流行的颜色，受到一众少年侠士的拥护，但大多数少侠都会做一点小改动，比如在袖口加点云纹，用金线绣朵小花之类的，如白衣人这样朴实无华，不做任何修改的，当真是白衣届一股清流。

那一晚夜色正好，清风鸣蝉，阿朱抱着腿靠在粗大的树干边上，白衣人在一旁转动着烤鱼。

听见这个问题，白衣人顿了顿，月光透过稀疏枝叶打在他脸上，有些晦暗不明。

"我丧偶。"白衣人拨弄了一下火堆，将烤鱼转了个面，声音平淡，"白衣是丧服。"

仿若天边一道惊雷，将人劈得外焦里嫩。阿朱颤颤巍巍地接过了白衣人递来的烤鱼，直想给方才问话的自己一巴掌。

阿朱有些尴尬地笑了笑，那一瞥，她眼尖地瞧见了白衣人手背上的油渍，阿朱赶忙从怀里掏出一方手帕，递上前去。

……等等，那好像不是手帕。

半截白布料在夜风中飘扬，阿朱看着自己顿在半空中的手，很是艰难地露出一个微笑。

◈ 四 ◈

清风卷过林海，一声野兽的怒吼打破了尴尬气氛。

阿朱长舒了一口气，却瞧见眼前一闪，是白衣人人影晃过，手中长剑已然出鞘。

阿朱皱了皱眉，脚尖勾起地上的长刀，追了上前。

苍茫的夜色里，层层叠叠的树叶遮蔽了月光，阿朱瞧不清前方追逐的两个人影，只能依靠枯枝被踩碎的声音，勉强辨认着方向。

约摸半个时辰后，阿朱停住了脚步，他们已经出了树林，前方是一条分叉路，白衣人站在路口，神色凝重。

阿朱抹了抹额头沁出的细小汗珠，再一次觉得白衣人能成为全民偶像、江湖传说，不是没有道理的。

她的轻功已经吊打六扇门大部分同僚的了，这么跑了一路，整个人都在断气的边缘，哪像白衣人面色如常，大气都不喘一个。

月光如水，打在分岔路旁的石翁仲上，白衣人深深望了那条路一眼，转身走到了阿朱面前，冷静地说道："你在这等着。"

阿朱愣了愣，转瞬便明白了白衣人的意思，他是要一人前去追捕洛无净。

"你带上我吧。"阿朱抿着嘴，眼神透着不服气，"我很有用的。"

阿朱有些委屈，她虽然轻功不如白衣人，也还未在江湖中闯出名气，但她手里的那一把长刀，已经是六扇门里数一数二的存在，否则这一回,也不会只派她一人前来缉捕洛无净。

两人相对无言,还是白衣人先出了声。

"我知道。"白衣人嘴角微弯,声音温润,"你很厉害。"

与白衣人想处的这么多天,这是阿朱头一回见着他露出笑意,微弱的月光下,她甚至看见了对方下巴上泛青的零星胡茬儿。

阿朱脸颊发烫,有些恍惚,她不由自主低下了头,却感到一阵凉风拂过,将面上的热气都吹散了。

那是白衣人衣摆掀起的微风,阿朱看着对方奔远的声音,恶狠狠跺了跺脚。

娘的,男人都是大猪蹄子!

◈ 五 ◈

阿朱赶上白衣人时,发觉四周的场景有些熟悉。

正是他们相遇的那个小凉亭。

白衣人站在亭子中央,长身玉立,身影寥落。

阿朱抱着长刀走到他面前:"跟丢了?"

白衣人一言不发,只轻轻点了点头。

阿朱瞧着他的神色有些怪异,心中也理解,白衣人一向如她一般,是个热衷于惩奸除恶的正直青年,如今跟丢了洛无净这个大魔头,必定是很沮丧的。

罢了,她大人有大量,原谅他的私自行动了。

阿朱伸手在腰间一摸,掏出个皮囊壶来,她拔开瓶盖,一股酒香扑面而来。

"虽说这一回没捉到洛无净,但你也不必太气馁。"阿朱拍了拍白衣人的肩膀,将皮囊壶塞进他怀里,十分豪气道,"你我联手,下次必定可以捉住那个魔头。"

"若是实在难受,借酒消愁也是一个办法。"

阿朱挑了挑眉毛，笑意盈盈地看着白衣人举起皮囊壶，轻轻灌了一口酒，问道："味道如何？"

白衣人皱眉："有些涩。"

"当然会有些涩。"阿朱将瓶盖塞回皮囊壶上，她踮起脚尖，气息轻轻附上白衣人的耳垂，"你现在是不是觉得，身体有些麻痹……"

寒光微闪，鲜血喷溅而出。

白衣人望着斜斜插进朱红柱子上的长刀，微微眯起了眼睛。

他挡住了那把气势如虹的长刀，却没能躲过长刀之后的阴毒匕首。

阿朱身后的夜幕之中，走出了一个男人。

那是个十分俊俏的青年，眉眼迤逦，手中的匕首淌着血，在月色下闪着幽幽冷光。

"洛无净？"白衣人捂住胸前伤口，勉力止住了咳嗽。

"正是在下。"洛无净把玩着匕首，锐利的锋刃划过阿朱耳旁，几缕发丝轻飘飘落下，转瞬又被夜风吹散。

阿朱只是木然地站在一旁，面色苍白，神情呆滞，身形若隐若现。

据说，魔教有一个十分酷炫的世代相传的秘术，可以制造幻境，幻境里会出现中术之人所术之事，所想之人。

"所以，"洛无净摸了摸下巴，扫了眼身旁的姑娘，得出了结论，"你的梦想是谈个恋爱？"

"……当然不是。"

洛无净茫然："那你……"

一道剑气袭来，打断了洛无净的话，却是白衣人纵身一跃，抖落了三尺青锋。

◆ 六 ◆

故事看到这，想必您已经猜出我是谁了。如果您想象力再丰富一点，大概已经脑补完了女魔头卧底六扇门，白衣人命丧小凉亭的悲惨结局。

不过，您要真这么想，那就太冤枉我了，我并不是洛无净派出的卧底。

事实上，我根本就不是个人。

而白衣人也没有中毒，因为很多年前，他也是下毒的一把好手，三教九流届的翘楚。按照他的说法，我一打开皮囊，他就闻出了味道有异，事情不大对头。

不对，其实他早就知道事情不大对头。

他对象早死八百年了，上哪去深山亭中同躲雨，侠士姑娘初相遇这种套路。

很久以前，白衣人不过是一个大字不识，穷困潦倒的小毛贼罢了。

唯一值得夸耀的，只有一身为了偷鸡摸狗而练就的好轻功。

哦，还有一张好脸。

凭着这张脸，小毛贼虏获了六扇门女捕快的芳心，成功改邪归正，走上正途。

女捕快初出茅庐，一身绝世的功夫还没来得及施展，就因为私自放跑心上人而被撤了职，成了失业下岗人员。

女捕快也不在意，她要做的是惩恶除奸——当捕快是做，当侠客也是做，还可以拉着对象一起做，人多力量大，雌雄双侠的名头多好听。

女捕快计划得好。可是天不遂人愿——一场疫病，人就这样没了，只留下小毛贼一人在世间完成她的遗愿。

时间一年一年的过去，小毛贼果真成了闻名天下的大侠，没人知道他的来历身份，也没人知道他为什么总是穿着一身白衣。

人们只知道他疾恶如仇，只要听说对方是恶人，拔剑那叫一个快，从不手软。

即使是洛无净这种心狠手辣人人避之不及的魔教教主。

白衣人从一开始就怀疑这座山有问题，但直到那条在那条岔路口，他明明感觉到了洛无净藏在了石翁仲身后，那儿却空无一人时，他才最终确定，这是一个幻境。

他武功好，即便是偷袭，洛无净也不一定能杀得了他，必定要通过幻境来做一些小动作，比如下毒。

白衣人以身为饵，以吐血两升为代价，终于引得洛无净从暗处现身。

然后我眼睁睁地看着他锤爆了对方狗头。

白衣人凌空跃起，手中长剑却狠狠一掷，挡住了洛无净的退路，他身子微动，拔出了插在柱子上的乌鞘长刀。

刀锋裹着凉意，划破风声，宛如游龙，轻轻巧巧划过青年喉间，溅落几点殷红。

白衣人握着长刀，擦净了嘴边的血沫。

他望着我，笑容有些得意："你教得好。"

世人只知白衣人一手剑术出神入化，却不知他的刀法其实还要好上一些，毕竟……

毕竟他的刀法，可是那个立志要除尽世间不平事的女捕快亲自教的，一对一教学，为了名扬江湖而勤学苦练过的。

清风掠过凉亭，我看着他唇边笑意，有些恍惚。

◆ 七 ◆

我在小凉亭旁立了座木碑。

木头是随手挑了棵树劈的，上头的字是我一笔一画刻上去的，歪歪斜斜，十分不美观，着实是有些对不起这位江湖大侠。

但这也是没办法的事，我的时间不多了。

我依托幻境而生，如今幻境散去，我也即将消散。

我抱着长刀，在墓旁悠悠坐下。

洛无净说，幻境里出现的事物，都是一个人心中所求所想，原来过了这么多年,即便已经誉满天下,成为了举世无双的大侠,他最想要的……

还是与姑娘一同行侠仗义,吃吃烤鱼打打坏蛋,浪迹江湖。

一个迷妹

白龙书 文/山城

吾妻叶氏亲鉴：

  这是我来杭州府的第二年，如今已经快要立春了，天气逐渐暖和了起来，晚上也睡得舒适了许多。

  过段时间村子里会塑太岁和土牛，以求风调雨顺，五谷丰登。志忠一直吵着让我去带着他看迎春的仪式。我本不想的，但他这段时间读书很是用功，就算没有我看着，他也能沉下心来，便也允了他。我要是没看错的话，他长大后怎么也能当个进士。

  这边有个习俗是迎春时女子喜欢用春幡春胜做成蝴蝶燕子的形狀

赠予人,把它们插在头上。我向他们讨要了几个,把玩了好一阵,总觉得这个你戴上一定很好看。

志忠这孩子有时还想起你,倒是个淳朴性子。凤毛要是还在,是不是也和他差不多呢?我想总归是要差一点的,志忠这孩子毕竟仔细些,昨日屋子破了个洞,还是他先看到给我补上的。

说到昨天晚上,我做了个很有趣的梦,梦里我变成了一条白龙,这个梦很长,好像在一个晚上度过了一个人的一辈子那样,我总觉得这个人和我很像,所以我想把这个故事讲给你听:

在大唐的时候,有个叫兴村的地方。

某日兴村昔日里空旷的树荫下,如今围着一层层的人,有的是扔下了手头农活的汉子,有的是抛弃了锅碗瓢盆的妇人,当然更多的还是一帮兴奋地瞪着大眼睛的孩童。人们围成一层层的圈,空气中蒸发着汗水,很闷热,却没人说话。

位于圈中央的,是一个衣衫朴素的书生,他拿着一幅幅画,连指带比画,虽然不发出声音,却似乎有种神奇的魔力,能让对方听懂自己的在说什么。

只见他指了指画上那个名为二郎神的少年,又指了下那座巍峨的大山,右手高高举起,用力向下一劈,围观的人便深切感受到那股劈开山峦的气势与决然。

故事的最后,书生举起那幅母子相拥的画,然后躬身作揖,示意故事已经完结。

"好!"不知是哪个男人带的头,人群中响起一阵阵的掌声,书生却仿佛听不见一般,低头默默收拾起自己的画。

这是他在这个村庄的最后一天。

在他来到这个村庄的半个月里,用这种方式讲了不下二十个故事,场场都被全村人围观，然而他却从未收取半分报酬，只是要些干粮以作赶路用。如今故事已经讲完，到了该离去的时候了，他向村民们告别，沉默着离去。人群也渐散去，树荫下逐渐就剩下了一个瘦小的身影，一个姑娘盯着书生远去的背影，咬了咬牙，鬼鬼祟祟地跟了上去。

敖三三背着那个看上去大得吓人的背篓，行走在深夜的林中。暗夜深林，难免有些阴森，他不由自主地加快脚步，企图找到计划过夜的那所破庙，听说这林子里有老虎，他不想招惹麻烦。

突然，他感到身后有个人碰了他一下，敖三三吓了一跳，转身挥拳便打了上去。

"请问你……"对方只来得及说出三个字，就被敖三三一拳打晕。

借着月色，敖三三低头查看，发现自己好像打错人了。来者并不是劫道的悍匪，而是一个瘦弱的小姑娘。

敖三三盯着她看了一会儿，觉得姑娘的脸有些面熟。半晌才想起来，这个姑娘似乎是从兴村跟着自己一路过来的。

他低着头犹豫了一会儿，将姑娘放在一旁的干草上，转身离开。然而没走几步就听到旁边传来窸窸窣窣的声音。

敖三三转过头，和那只巨大的老虎平静地对视，老虎看着他发出警惕地低吼，身体弓起来，随之准备扑上前。

敖三三看了眼姑娘，叹了口气，犹豫了片刻，张开了嘴。

一个空灵的声音就这样从书生口中发出，老虎仿佛见到了什么恐怖至极的事物，夹着尾巴逃命狂奔而去。

那是龙吟。

敖三三很是后悔惹了这么个麻烦。

"敖三三，再给我讲一个，就一个！"吴素儿死命抱着敖三三的腰，敖三三死命护住身前的背篓，不让里面的画落在身后的女魔头手中。

敖三三救了这个女孩之后的第二天，女孩醒来，本想走人的敖三三却被女孩死死抱住，然后不知道从哪里冒出来一堆凶神恶煞的壮汉，生拉硬拽地把敖三三劫回了女孩的家。敖三三一个瘦弱书生，怎能打得过这些壮汉，便被堵在了这个屋子里，一堵就是很多天。

"你叫什么名字啊，你告诉我我就放你走。"

"哦……原来你叫敖三三。我叫吴素儿，你能给我讲个故事吗？讲完我就放你走。"

"能不能再讲一个，再讲一个就放你走。"

"再来一个吧……"

孤单而又热烈的掌声不知是第几次响起来，掌声的主人吴素儿站起身来大喊："还有吗？还有吗？我想知道后来李大侠和孙女侠怎么样了！"

敖三三哭丧着脸，两只手比了个手势，示意两个人成了亲。

吴素儿眼中冒出憧憬，敖三三看着她的表情，总觉得这姑娘对故事这件事陷得太深。

这么多天过去，敖三三早已谙熟吴素儿喜欢听哪种类型的故事，大多是都是那些少侠英雄救美的传奇，若是最后加上一个比翼齐飞的结局，那就更好了。

"喂，敖三三，你一个哑巴，为什么喜欢做说书这件事呢？"吴素儿将头枕在胳膊上，好奇地问道。

敖三三沉默了会儿，拿出纸笔，在空白的纸上写下几个字："因为我喜欢。"

"你为什么会变成一个哑巴呢？感觉你也没有家人，怎么活到现在的。"

敖三三低头不语，毛笔被搁置在笔架上。半晌，他抬起头来，提笔写道："我再给你讲个故事吧。"

吴素儿连忙点头，她巴不得敖三三主动给她讲故事。

于是敖三三铺开了自己的画卷，开始画画。

第一幅画上，是一栋金碧辉煌的宫殿，奇怪的是，护卫宫殿的不是身披铠甲的士兵，而是长相凶恶的螃蟹和虾怪。一个龙首人身的人站在宫殿口，抬着头，不知道在仰望什么。

第二幅画上，是一片海滩，一个青衫书生从海中爬起，抬头看向那片陆地。书生的五官画得很模糊，嘴巴的地方是一片空白。

第三幅画上，是一个背着很多画的书生，走在山河中央，拿着纸笔，似乎在记录着什么。

第四幅画上，书生来到一座村庄，身边围着很多人，似乎在诉说什么。

之后敖三三又铺开了很多的画纸，却没有再作画，只是呆滞地盯着它们，不知道在想些什么。

吴素儿歪了歪头，迷惑道："这讲的是个啥？"

敖三三没有解释，只是做了一个手势，示意自己要休息。吴素儿不甘心地又问了几句，得不到任何回应之后，气鼓鼓地离开了敖三三的房间。吴素儿走后，敖三三躺在自己的床上，看着房梁，闭上眼睛缓缓睡去。

◇ 三 ◇

敖三三已经一天没有看到吴素儿了。

说来也怪，这些天她缠着自己讲故事，今天突然不来，本应该是高兴才对，可是为什么自己有点难过呢？

总听一个人讲故事，总会听厌的吧。他这样想着，深吸一口气，本想继续躺下，却神使鬼差地来到门口，叩了下门。

不一会儿，一个家丁将门打开一丝缝隙，不耐道："干什么？要吃饭？"

敖三三写了张字条："吴素儿姑娘去了哪里？"

家丁晃了晃手，道："我家小姐昨夜着了凉，如今正在自己房间歇息，今天怕是没力气来找你了。"

敖三三低头想了下，写道："在下略懂医术，可否让在下去看看？"

家丁想了下，转头看了看远处吴素儿房间的方向，说道："等一会儿我来叫你。"

一炷香之后，敖三三的房门被打开，他被推搡着走向吴素儿的房间。一个衣着华丽的男子恰好从吴素儿的房间里出来，打量了下敖三三，眼神有些不善。

"孙公子，这是小姐这几天请来的说书的，专门用来解闷的。"家丁连忙解释道，生怕这个公子哥动了怒。

孙公子这才将眼神从敖三三身上移开，对家丁说道："我和素儿马上就要成亲了，这几天你们一定要把她给我看好了，万万不能再让她跑掉。"

家丁连连点头，谄媚笑道："放心孙公子，之前的事再也不会发生了。"

敖三三迷惑地看着家丁，不知道发生了什么。家丁懒得跟他解释，把他推到吴素儿的房门口，硬生生地推了进去。

屋里，精气神十足的吴素儿正坐在床头，看着一脸蒙的敖三三，咧着嘴，打了个招呼道："嗨！"

◈ 四 ◈

敖三三指了指吴素儿，又指了指自己的脑子。

"我没病，是骗那个刚刚进来的人的。"吴素儿脸上带着得意。

敖三三指了指孙公子远去的方向。

"我是他的童养媳啦，从小就被他们家挑出来的，谁让我长得好看呢。"吴素儿无所谓道。她指了指身前的椅子，示意敖三三坐下。

"我从小就被我爹卖给他们家了。姓孙的他们家是一个大户，听说县令都敬他们家三分，我爹卖了我之后就带着我娘离开了，把我扔在这里。孙家觉得自己花了钱也不能就这么把我扔了,于是就把我在这个院子里养大,从小到大我鲜少出去过,这个世界对我来说就是这个小院子。然后等有一天我足够大了,能生孩子了,孙公子就会娶我做妾,给他们家传宗接代,那个时候我才能出去。"吴素儿坐在床头,踢着小腿,轻松得仿佛在说别人的事。

"我可想出去看看了,我遇见你那天是我第一次逃跑成功,本来能跑得更远点的,结果在那个村子里,一听你讲的故事,我就想,哇,原来这个世界这么有意思。所以我就跟上你,想让你再讲给我听,谁料想孙公子早就知道我在哪,把那个林子围了个严严实实,我知道自己跑不了了,就只能把你也截回来咯。"

"敖三三,你知道我为什么最喜欢那些女孩被少侠拯救的故事吗?因为我总是想着,会不会有一天,也会有一个少侠来救我出去?然后带着我离开这个鬼地方,我们双宿双飞。"她仰着头,眼里闪着光。

敖三三听着,沉默不语。

"敖三三,你喜欢讲故事对吗?你说我这样的人生,是不是也能当成一个故事来讲呢?"吴素儿笑道,眼角闪着泪花。

敖三三抬起头,看着吴素儿红肿的眼眶,她没有生病,却比生病还让人心疼。

吴素儿打开大门,转身对敖三三说道:"敖三三,你自由了,记得写下我的故事,故事的结局要有一个这个世界上最厉害的英雄把我从婚礼上救走,然后我们双宿双飞,逍遥天下。"

敖三三背起自己的画卷,走出屋门。

一直以来,他都是那个记录故事的人。

他出门,来到熙熙攘攘的街道上,拿出纸笔,向人询问孙府的位置。

这一次,他终究成了故事里的人。

三日后。

敖三三站在空荡荡的院子里,打开了吴素儿的房门。

身着嫁衣的吴素儿茫然地看着那些突然逃走的家丁,又看着这个突然出现的书生，眼中冒出惊喜的光。

书生走到新娘的身前，微笑，然后写下一行字：

"我是少侠，我来救你。"

吴素儿眼里滚出大颗大颗的泪珠，她捂着嘴，用力点头。

三日前，孙府有龙吟传出，旁观者数百人。

次日消息报入皇宫，刚刚坐上帝位的皇上大怒，疑心这户人家身负龙气，企图谋朝篡位，当即派兵，于孙府长子孙福大婚当日，抓捕孙府上下一百余口，以儆效尤。

◈ 五 ◈

蛇盘山的村子里最近新来了一对年轻的夫妇。

男人是个柔弱的书生，从来不说话，似乎是个哑巴。女人比男人彪悍得多，每天挺着一个大肚子，缠着男人给她讲故事。

男人似乎有很多故事。在村子里定居下来之后，男人没几天就会在村口拿出那些画卷，靠着给村里人讲故事为生，好心的村民也会给男人一些粮食。两人的日子不算富裕，但也算能勉强度日。

"敖三三你快过来，从这看这条河真好看！"吴素儿挺着大肚子站在鹰愁涧的山巅上，好奇地将身子向下望。

敖三三连忙冲上去，把吴素儿向回拉，生怕她出了半点危险。

那日敖三三救出来吴素儿之后，两人找了个破庙，搞了个很简单的仪式成了亲。之后两人便过上了浪迹天涯的生活——每到一个村庄，就会和以前一样讲那些故事，只不过不同的是，如今的故事有了声音，吴素儿变成了敖三三的喉咙，把每一个故事讲得更加动人。

半年前，吴素儿突然有了身孕，敖三三决定暂停下自己的旅程，和吴素儿定居在这个叫蛇盘村的村庄。

吴素儿不满地挣开敖三三的怀抱，气哼哼道："不让看就不看，我还不稀罕。"

敖三三面露萎靡之色，心里实在是不知道该拿吴素儿怎么办。

正当两人嬉闹之时，山下的河水中爆发出一阵巨响，浪花飞起数十丈后又高高落下。吴素儿见状兴奋地大叫："这个是什么？"

敖三三脸色却阴沉如水，他转头对吴素儿比画道："回家。"

吴素儿虽然不知道为什么要这么做，然而敖三三的表情让她没有反驳的勇气，担忧地下了山。

"我在家里等你。"她走到半路，回头大喊。

"弟妹还真是喜欢你。"一个龙首人身的家伙从空气中显现出来，看着吴素儿远去的背影，笑道。

"好久不见了，大哥。"敖三三张嘴道。假如任何人在这里，都不会听明白他在说什么，因为那是龙语。

"好久不见，三弟。"龙人咧嘴笑了笑，露出一口森白的利齿。

◆六◆

"大哥怎么想起来来这里了。"敖三三警戒道。

"半年前在一个镇子里出现了龙吟，我当时便猜到了你，一路寻找，却发现你居然住在了这么一个地方。"龙人抬头扫视了一下周围，啧啧道，"龙宫就这么不好？连座这么破旧的村庄都比不上？"

"龙宫虽好，却太无聊了一些。"敖三三摇了摇头。

"所以当人很有趣吗？你以为你是什么？不说话就能当人？我们是龙！他们眼中会吃人的龙！"龙人冷笑，"你喜欢人间喜欢人类，却不知他们将我们视为什么？高高在上的神？被崇拜的兽？都不是。"

"是怪物啊。"龙人面色狰狞。

敖三三沉默不语。

"你在害怕，害怕自己一旦被发现是龙，就会失去说书的梦想，就会失去人们的爱戴，就会……失去那个女孩的爱！不然你为什么要隐瞒自己？你终究是异类，是怪物。"龙人指着敖三三的鼻子大骂，

"看清楚现实敖三三！你就是个有着愚蠢期望的白痴！你是龙，成不了人！"

"够了！"敖三三打断了龙人的话，拂袖道，"大哥若是是来劝我返回龙宫的，那么可以回去了。"

龙人冷笑道："我不会劝你，你如今已变成人类，我怎么可能和一个'人'认识呢？"说罢龙人高高跃起，一条巨龙就这样在空中伸展开身体，坠入下方的深渊。

敖三三背起自己的画卷，皱着眉头，回到了自己的家，发现吴素儿已经睡着了。桌上摆着今天的晚饭。

敖三三疲惫地脸上露出笑意，他放下背篓，像个干完农活归来的丈夫，在烛光下，大口大口地吃起饭来。

饭菜很快被扫荡得干干净净，敖三三坐在床头，看着床上熟睡的妻子，第一次用龙的声音说了话：

"也许我在心里始终知道我是一个异类，但是只要是能做自己喜欢的事情，和你度过这一生，藏着这个秘密也是可以的吧。"

门忽然被推开了一个小缝，一个孩子的脸从门缝中伸出来，低声道："敖先生，你该给我们讲故事啦！"

敖三三笑了笑，把妻子的被角压了下，站起身，悄悄地走出了屋门。

◈ 七 ◈

四月十七，雨。

吴素儿紧咬着牙齿，汗如雨下。接生婆着急地搓着双手，不断地在那个破旧的茅屋里走进走出。

"怎么偏偏挑这么个时候，孩子他爹去镇上买纸，要不是我路过他家听见了吴姑娘的叫声，没准娘俩就危险了。"接生婆絮絮叨叨地说道。

门外围着全村的村民，每个人脸上都仿佛写着"着急"俩字。

接生婆又进去了,这一次,屋里终于传来了动静。只不过不是孩子的啼哭,而是一声嘹亮的龙吟,紧接着的,是接生婆的惨叫。

"怪物!"

敖三三赶回家的时候,屋子已经被烧成了废墟。

他疯了似的红着双眼冲进那片被烧得漆黑的断壁残垣,发现了两具焦黑的尸体。

泪水从他的眼眶中大颗大颗地滚下,牙齿仿佛要被他咬碎。

为什么自己偏偏挑这天去市集?为什么自己想不到自己和素儿的孩子一定不会像个正常人?为什么自己这么天真地以为村民即使发现了也不会做出太过激的反应?

"怪物的父亲回来了!"

"他一定也是个怪物!平时我就觉得为什么他总是亲近孩子,就是想吃他们!"

"杀了他!让他和那两个怪物一起下地府!"

数不清的村民从四面八方赶来,手里举着火把与刀剑,骂着污言秽语,眼里闪着仇恨的光。

敖三三猛地抬起头来,身体以肉眼可见的速度变化扭曲,一条巨龙就这样出现在村民们的头顶上空。

"我要你们死!"他发出惊天动地的龙啸,惊雷炸响。

村民们终于感到了恐惧,他们哭喊着逃离,却无济于事。龙爪从天而降,仿佛猎鹰捕猎雏鸡一般抓起,然后丢进自己的血盆大口,鲜血顺着嘴角流出,仿佛恶鬼。

忽然一根棒子从远处飞来,仿佛箭矢一般,击中了敖三三,将他钉在山壁上。

一只猴子带着一个和尚就这样走了过来。

"恶龙造次,以致生灵涂炭,当杀。"猴子面无表情道。

敖三三挣脱开棒子,恶狠狠地喊道:"泼猴!你来试试!"

◆ 八 ◆

敖三三已经忘记那之后发生了什么了。

他的脑海里隐约记得他和猴子打了个平手，然后一个身披白纱的人突兀地出现，自己的身形开始扭曲。等他再次睁开眼时，自己已经变成了一匹马。

"悟空，前面就是黑风岭了吗？"和尚坐在敖三三身上，对牵着马的猴子说道。

猴子点了点头，闷声牵着马往前走。

敖三三很想把背上的那个和尚吃掉，然而令他很郁闷的是，似乎他的灵魂已经与这匹白马隔离开来，如今的他只能感知到周围的一切，却不能做到任何事情。

"十万八千里，你要走的路还长着呢。"和尚摸了摸白马后颈上的毛，感慨道。

后来敖三三逐渐习惯了这样的生活。

他看见一只猪离开那个姑娘的村庄时偷偷流下的泪水。

他看见流沙河中浮起来的巨大妖怪。

他看见那只猴子面对和尚的误解时第一次流下了眼泪。

他看见那些妖怪、那些生灵，以及那些令人惊讶的故事。

他逐渐拾起了以前的爱好，开始在脑海中记录着这一切。他也不知道为什么要这么做，只是心里抱着那么一丝幻想，若是死后有世界，他便可以把这些统统告诉那个女孩，每天给她讲故事，一千年，一万年。

◆ 九 ◆

敖三三本以为自己直到死都会是一匹马。

然而当那个莫名其妙的禁制被破解掉之后，一脸茫然地他站在变成老虎的唐三藏面前，不知道该做些什么。

一道异常的思绪传入他的大脑，这时他这才明白，原来当日观音给自己下禁制的同时也下了一道符咒——当有一日猴子和猪、沙僧都不在和尚身边，而和尚又面临生死危机时，他就会暂时性的恢复人身，保护和尚的安全。

敖三三本想跑，却看见那只老虎趴着的身影，不知道何时真的把他看成了师父。

"真奇怪，你明明是个人，却会被那么多的妖怪保护。"他看着老虎冷笑道。

老虎静静地看着他，敖三三和他对视了很久，终于是认命地耸了耸肩膀，走进了宫殿。

片刻之后宫殿传来一声巨响，烟尘大作，黄袍怪扼住百花公主的喉咙，飞到了天上，和那个白袍身影遥遥相望。

"为什么扰我的好事！你们都是妖怪！为什么非要和人站在一边！"黄袍怪怒吼。

敖三三突然笑了，他低着头自言自语道："素儿你看，你那时候说想要我是个少侠，我便变成一个少侠，可是这个少侠没能护住你一生一世。但是我想你还是愿意看见我是个少侠的吧，行侠仗义，惩奸除恶。"

他在空中翻了个身，一条白龙就这样出现在月色里。白龙金刚怒目，眉眼间又有慈悲之意，眼底深处似乎有片花海，女孩站在其中。

若我恨着这个世界，那你就是我的慈悲了。

白龙大吼，龙吟震散了阴云，冲向黄袍，仿佛一个侠客。

猴子赶到的时候，白龙奄奄一息地躺在地上，元神遭受重创，猴子沉默着把他的元神封存起来，将他的肉身变为白马。

"你的元神受伤严重，怕是不能像之前那样获得灵智了。今后你便是这白龙马，助我师徒去往西天，修成正果后，或许还可在世间寻得有缘人，完成你的愿望。"猴子双手合十，念了段经文。

黄袍怪捂着伤口怒吼："我是神仙！杀一个人怎么了？你们没有

因为被看作异类而被人排挤伤害过？我以牙还牙有什么不对！"

猴子沉默着站起来，用金箍棒指向黄袍怪的眉心，道："所以你不懂慈悲的意义。"

敖三三最后的意识里，脑海中再次想起那名少女的身形，他笑了笑。猴子说完成自己的愿望，但是自己的愿望是什么呢？他想了想，忽然想起来以前吴素儿说的那句要听尽这世间最为精彩的故事，又想到这一路走来所遇到的那些壮丽的经历。

不如就把这段经历讲给世人听吧。去看，去记录，直到某天，能讲给世界听。

这个梦做到这里，只是开始，之后我变成了那匹马，伴随着他一起走过那十万八千里路，直到抵达西天，回到大唐我才醒来。说来也怪，明明这么长的一个梦，醒来时天空才刚刚露白。

九儿，我有个想法，不知道你会不会同意，我想把这段故事写成书记录下来，因为我总觉得上天给我这个梦境，或者就是让我把这一切记录下来。但我并不想以那匹马为主角，我想以那只猴子为主角，这匹马太苦了。这应该是个令人欢快的故事，应该振奋人心，应该酣畅淋漓。

今年是你离开我的第四个年头，凤毛离开人世也有一年有余，如今我在杭州城，马上就要春暖花开，但是总觉得缺了点什么。隔壁的农夫正在跟家人齐聚，那男人应该喝了酒，妇人在服侍他躺下，鼾声我都能听见。早些时候他邀请我去他家做客，省得独守这间空荡荡的屋子，可是我还是拒绝了，如今我看着他们家透出来的灯火，突然有些睡不着。

其间怀恨处，唯我最能知。

夫 汝忠

隆庆四年春 于杭州府

废柴三人组

文 茶糖

说书人：

听说你这能用故事换酒钱。
不知我接下来要讲的这个故事能值几个钱？

◆ 一 ◆

自古书生进京赶考，路上一定会在破庙投宿。
是破庙就一定有妖精，是妖精就一定会害人。

寄给你全宇宙的爱

GIVE YOU
The Love
OF THE
WHOLE WORLD

非卖品·随《寄给你全宇宙的爱》赠送

经典图书产品

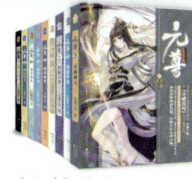

《龙族》系列 江南/著

《哑舍》系列新版 玄色/著

《元尊》系列 天蚕土豆/著

《浮生物语》系列 裟椤双树/著

龙族Ⅰ：24.80 元	哑舍Ⅰ：35.00 元	元尊ⅠⅡⅢ：32.80 元	浮生物语Ⅰ（新版）：39.80 元
龙族Ⅱ、Ⅲ上、Ⅲ中：29.80 元/本	哑舍Ⅱ：35.00 元	元尊Ⅴ Ⅶ：32.80 元	浮生物语Ⅱ（新版）：42.80 元
龙族Ⅲ下：36.80 元	哑舍Ⅲ：35.00 元	元尊Ⅶ：32.80 元	浮生物语Ⅲ上/下（新版）：39.80 元/本
龙族Ⅳ：32.00 元	哑舍Ⅳ：35.00 元	元尊Ⅷ：32.80 元	浮生物语Ⅳ（上）鱼门国主：42.80 元
龙族Ⅳ（精装）：42.00 元	哑舍Ⅴ：35.00 元	元尊Ⅸ：32.80 元	浮生物语Ⅳ（下）天衣候人：42.80 元
			浮生物语Ⅴ（上）西溟幽海：39.80 元

《青春奇妙物语》（新版）系列 两色风景/著

《芥子》系列 橘花散里/著

《半面妆》系列 萧十一狼/著

《饕餮记》系列 殷羽/著

青春奇妙物语1（新版）：36.00 元	芥子1（新版）：36.00 元	半面妆：25.80 元	饕餮记Ⅰ：29.80 元
青春奇妙物语2（新版）：36.00 元	芥子2：36.00 元	半面妆Ⅱ：28.00 元	饕餮记Ⅱ：28.00 元
		半面妆Ⅲ：30.00 元	饕餮记Ⅲ：36.00 元

《浮云半书》系列 李惟七/著

《时间海》系列 原晓/著

《将军在上》橘花散里/著

《法老的宠妃》系列 悠世/著

浮云半书Ⅰ：25.00 元	时间海Ⅰ：25.00 元	将军在上（上下）：59.80 元	法老的宠妃Ⅰ：32.00 元
浮云半书Ⅱ：26.80 元	时间海Ⅱ：26.80 元		法老的宠妃Ⅱ：23.00 元
浮云半书Ⅲ：28.00 元	时间海Ⅲ：32.00 元		法老的宠妃Ⅲ：28.00 元
浮云半书兵法卷：35.00 元			

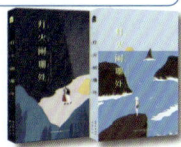

《灯火阑珊处》青衫落拓/著

《长大的彼得·潘》两色风景/著

《海盗鬼皮书》旋翼之刃/著

《落笔时光·诗绘》

灯火阑珊处（上下册）：68.00 元	定价：32.00 元	定价：32.00 元	落笔时光·诗绘：52.80 元
			落笔时光·飞花令：46.00 元

《人间草木心》汪曾祺/著

《落花入梦甜》梁实秋/著

《我的心不止于这世界》季羡林/著

《此生平仄终成诗·林清玄说诗词》林清玄/著

定价：39.80 元	定价：39.80 元	定价：39.80 元	定价：39.80 元

全国各大书线上书店、实体书店及漫客商城均有销售！

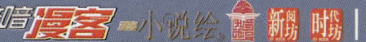

知音漫客出品
经销热线：027-68890818

福布斯2018亚洲精英榜上榜作家
天蚕土豆玄幻惊艳之作
《元尊12·天渊风云》
知音动漫倾力呈现

初闯天渊风谲云诡，实力超群势不可当！

《成化十四年》《千秋》之后，**梦溪石**古风悬疑力作

一个皇帝亲信，一个皇后心腹

双雄并立，一山二虎，朝堂、江湖皆为战场。
阴谋初现，巨浪当前，做对家还是做盟友？

武貌双绝的"夹竹桃精"×算无遗漏的腹黑主脑
——相惜相杀，共赴暗潮汹涌的诡谲谜局！

全文修订
超值定价：38.00元

这是《赶考指南》里写得清清楚楚的，特别提醒各位考生切勿在荒山野岭过夜，还附带一张地图，标出了不能靠近的危险区。

偏偏有个书生特别倒霉，买的《赶考指南》里缺了这一页。

于是，雪天赶路的书生住进了一座破庙，而且这座破庙特别可疑，阴风阵阵是鬼气森森，正常人但凡多长个心眼都不会走进去。

偏偏这书生读书读得入了迷，低着头一边专心致志地背考点一边就闯了进去，随便抓把稻草盖上就睡。

连庙里的狐狸都蒙了：不是吧，这么可疑的庙都敢住？不会是钓鱼执法吧。

二

狐狸叽里咕噜念个口诀，化身少女来到书生面前。

书生迷迷糊糊间见到面前多了个袅娜少女，瞬间惊醒了。

深夜，破庙，书生，少女。

这桥段有点眼熟，是见鬼的节奏。

书生吓出一身冷汗。

狐狸："喊，我还以为是何方神圣，原来是个胆小鬼。"

书生身体抖如筛糠，说的话却并不胆小："我知道你一定是要吸我阳气，这都怪我出门没好好做攻略，误入宝刹，打扰了姑娘清修。我也知道你们妖界都是有考核指标的，看这个庙这么破，应该很久都没开张了，你一定在为指标发愁。我熟读孔孟，最讲究推己及人、助人为乐。今天既然落到姑娘手里，那我就认命了。就用我这一条贱命，帮你完成点业绩吧。"

狐狸震惊，滴溜溜绕着书生看了半天，心说长得倒是眉清目秀的，怎么是个疯子？

她举着煤油灯凑到书生面前，咻咻咻嗅了一番，说："你疯啦？哪有人会主动请妖精杀他的？"

狐狸的鼻子冰冰凉凉，像窗外飘零的小雪花。

书生敛敛衣襟，身体微微后仰，才不至于碰上狐狸轻轻耸动的鼻子："唉，其实我这次进京赶考，原本就没打算活着回来。世间一切皆是因果，既然在这里遇见了姑娘，那也算是有缘，不如就死在这里，登上报纸，还能给今后赶考的书生做个警示——"

"停停停，从进京赶考那里说起。"狐狸从破旧的供台上抓了把瓜子嗑着，"为什么就不打算活着回来呢？"

◈ 三 ◈

书生好不容易遇到一个倾诉对象，也来了兴致，盘腿坐起来，如此这般讲了一段，听得狐狸唏嘘不已。

原来这书生年年考试年年落榜，多年来为了考试花光了家里的积蓄，已经无力支撑，今年砸锅卖铁，打算再拼最后一次，搏一搏单车变摩托，谁知却赶上叛军作乱，科举取消……

"那你还进京赶什么考？"

"我进京不是去赶考，而是去为国捐躯。我虽然只是一个小小的穷书生，但是国家兴亡匹夫有责，国难当头怎能苟且偷安——"

"停停停，你一个手无缚鸡之力的书生，去了京城能干什么？"

"我虽然不能打仗，但是可以用我的文采折服叛军，晓之以理动之以情——"

"晕，怪不得这么多年都没考上呢，你这也太迂腐了。像你这样的去了也是帮倒忙，我劝你啊，死了这条心吧。"

书生低下了头："你说得对，我确实一事无成。"

灯火微微晃动。

狐狸见书生不说话了，心中有些不忍，踌躇了一会儿，咬咬牙，也说了些平时不愿说的事："其实我也挺倒霉的，法术差修行浅，毕业分配的时候也是人家挑剩下的才轮到我。这不，给了我这么破一个庙，还妖风阵阵的，谁敢来？好几个月过去了一个人都没抓到，让姥姥知道，非把我生吞活剥了不可。"

这一晚，两人推心置腹，互诉衷肠，把过往那些未酬之志、憋闷之气通通倾吐了个干净，心下好不畅快，只恨天亮得太快，鸡叫得太早，还恨庙中无酒，不能痛饮高歌。

狐狸："这好办，我去把鸡抓来烤了，你去附近镇上买壶酒，咱们再聊十块钱的。"

·

◈ 四 ◈

庙外下了一夜大雪，已是一片洁白。

却说书生和狐狸一出庙门，就听到一阵狗叫。

远远的，只见一个身着盔甲的人，连滚带爬地被一只狗追着逃了过来。

问题是，那人身高七尺有余还全副武装，而那狗不过是一只小小的幼犬，可能连乳牙都没长齐。

狐狸上前伸手一捞，就把嗷嗷叫着的小狗拎了起来。

破庙里。

酒在锅里咕嘟咕嘟热着，鸡在烤架上刺啦刺啦烤着，狐狸在咔嚓咔嚓嗑瓜子，狗在呼噜呼噜打瞌睡。

"你——当真是个将军？"狐狸望着眼前这个被狗追着跑的人，眯起了眼睛。

将军感到自己受到了质疑，怒发冲冠一跃而起冲到狐狸面前："怎么，你不信？"余光一瞟发现狗就睡在狐狸脚边，顿时慢动作退回原位，拍了拍胸口，"啊，吓死我了。"

"嘻嘻，堂堂将军会怕一只小小的狗？我不信。"

"哼。"将军倒了一碗酒，大马金刀地坐下来仰头喝尽了，这才抹了抹嘴，说："打仗也不是跟狗打，我怕狗是天生的，有什么问题？倒是你们，一个书生一只狐妖，什么组合？"

书生："你怎么知道这位姑娘是狐妖？难道你是捉妖的道长？"

"那倒不是。"将军掏出一张证件，"她刚才身份证掉地上了。"

狐狸一把夺过："切，你看他这样子像是能捉妖的？恐怕连狗都捉不了。"

门外，寒风呼啸。三个人吵吵闹闹，喝光了一坛酒。

原来将军的确是个将军，只不过手下没有兵。

他在沙场上卖命厮杀多年，原本早该升职加薪，可是不知道倒了哪门子霉，每次论功行赏的时候都轮不上他，白白地在行伍里蹉跎了多年，落下一身伤病，这次好不容易封了个小小的杂号将军，谁知赶上叛军作乱，他的部下都是怕死之徒，大家分了分财物一哄而散，剩下他一个光杆司令在乱风中凌乱。

书生："没想到你比我还惨。"

狐狸："啧，连我都有点同情你了。"

三人聊了一阵，发现人生总是起起落落落落落，出走半生，归来满身故事，写的尽是不得意。又是好笑，又是叹息。

书生喝了酒，话格外得多，认真地拉住将军说了许多家国大义。将军估计也是喝高了，睁大眼睛认真听了许久，连连点头，两人说到高兴处，推杯换盏，忘了庙外风雪，人世炎凉。

狐狸在一旁啃着鸡腿看他俩吹牛，时而莞尔表示赞许，其实心里想的是，这两人真啰唆，大家都是不可回收垃圾，还装什么不可再生资源。

◆ 五 ◆

破庙到底是故事多。这大雪连下了几天几夜，搞得三个人哪儿也去不了，只能靠狐狸用妖术变出来的萝卜度日。

书生："这萝卜纵然健康清爽,但价格便宜又不顶饱,你当年学妖术的时候为什么会想学变萝卜呢?"

狐狸："嗨,那时候学的其实是变人参,我法力弱,打个折扣就变成萝卜了。"

将军："啥玩意儿啊,你这折扣力度也太大了。"

狐狸："有种别吃。"

书生："将军你也别这么说,如此大雪天中,吃萝卜倒也别有一番风味。所谓安贫乐道,一箪食一瓢饮,人不堪其忧,我不改其乐是也。所谓饭疏食饮水,曲肱而枕之,乐亦在其中矣。不义而富且贵,于我如浮云……"

将军："怎么酒醒了听他叨叨这么头疼,他平时也这样吗?"

狐狸："怎么了,人家有君子之风!叨叨几句怎么了,我爱听!你爱听听,不听滚。"

将军:"……"

这一天,将军从门外的雪地里救回来一个人。

在庙里生起火盆,又喂他喝了点水,这人渐渐地醒转过来。原来他是从京城出来送信的,要去附近的徽州搬救兵,不料在风雪里迷了路,腿又受了伤,晕倒在庙门前。

将军沉吟片刻,忍不住问道:"京城的情况,竟这般紧急?据我所知,徽州的确还有一支精锐守军,如果能前往支援,或许能力挽狂澜。"

那人连声恳求将军代为送信。

将军:"好,拿信来!"

送信的:"信,路上丢了……"

将军:"……"

送信的:"我还记得大致内容,可以再写一封,可是没有公章……"

将军:"这倒不打紧,徽州将领陆山是我的老上级,我去送信,他定然会信我。只是陆山为人十分顽固,又胆小如鼠,现今京城战况告急，他未必肯冒险前去救援。这信到底该怎么写，可得好好措辞一番才行……"

将军背着手在庙里踱步："难写，难写！既要晓之以理又要动之以情，还要文采斐然信口开河，如果能加上孔孟之道、家国天下那些道道就更好了……可是这荒郊野岭的，有谁能写呢？"

书生正在啃萝卜，突然感觉到四道炙热的目光一齐向他投来。

将军用眼神和狐狸交流：你看呢？

狐狸：我看行。

送信的：我看也行。

狗：汪。

◆六◆

徽州。

原来徽州城里也没有余粮了。狐狸塞给守城士兵一车萝卜，士兵就高高兴兴地把他们放了进去。

陆山读着书生写的信。

狐狸用眼神和将军交流：你觉得怎么样？

将军：我觉得能成。

书生这些年的圣贤书，竟没有白读。一封信写得气势磅礴，感天动地。

因为担心文字不足以阐述他的论点，书生还给陆山放了个PPT。

那陆山是个干瘦小老头，披着裘皮大氅抱着汤婆子看着信，PPT放到关键处，偶尔举手向书生提问。

哪知道越看越激动，越看越热血，最后把大氅和汤婆子一丢，站了起来，握住书生的手："你说得太好了，国士无双，国士无双啊！"

"来人！出兵，进京城！"

将军和狐狸激动得冲上去抱住了书生。

"厉害厉害，文曲星下凡啊！"

七

话说三人完成了使命，转身就要离开，却被陆山拦住。

"别走啊，我说的进京城，是你们进京城。"

书生、狐狸、将军："？？？"

"这是虎符，这是大印，这是授权书，这是我的高铁票，啊呸，不是。我急着赶车，马上要走了，你们费心，多担待！"说完，陆山一溜烟跑了。

三人沉默许久。

狐狸打破了沉默："这是什么情况？"

书生："惭愧惭愧，让姑娘看到这等贪生怕死、玩忽职守之徒，真是丢了我们人类的脸。"

原来，陆山早就得到了最新的情报：京城已经失守。换句话说，国家已经灭亡了，这时候出兵，不过是去送死。

将军一拍桌子："管他娘的，出兵！"

虽千万人，吾往矣。

八

军队冒着风雪向京城进发，路上天寒地冻、食物匮乏，全靠狐狸的一点蹩脚法术硬撑。

书生拉着每一个士兵苦口婆心地叨叨，从三皇五帝说到精忠报国，把士兵们全说哭了，场面一度十分感人。

将军骑马走在队伍的最前面，举着破旧的令旗，手被刺骨寒风冻得失去了知觉，也丝毫不以为意。

白茫茫大雪中，一点黄色的令旗仿佛微弱烛火，好像转眼就要熄灭，却又一直顽固地燃烧。

九

京城。

将军带领的部队成为京城最后一支平叛的军队。

怎奈敌强我弱，节节败退，只能退入城池，苦苦防守。

其实就算这城守下来又如何，国家已经灭亡，就连皇帝都不知道逃到哪里去了。

可是，他们还是守着这孤城。

狐狸问书生："你怕死吗？"

书生坐直了身子："怕，当然怕！可是人固有一死，或重于泰山，或轻于鸿毛。若能为国捐躯，我自当慷慨赴死，绝不退缩。"

狐狸叹了口气，从前她不明白为什么故事里的狐狸总是会喜欢上那些穷书生，现在她明白了。

书生的意气，就像美人的眼泪一样，百无一用，却最是迷人。

书生一辈子一事无成，空有一身无用的风骨，却让狐狸着了迷。

书生："你记住，万一叛军入城，你就化为原形赶紧跑。西门边上有个狗洞，这是地图。你路痴，到时候可别跑错了。"

狐狸："那你们呢？"

书生："我走，对不起我读过的书。他走，对不起他手下的兵。"

十

将军这一生打过无数败仗。然而这一次，他没有输。

死守孤城，苦苦支撑三月，熬光了叛军的粮草，也磨尽了叛军的斗志。

城里的人仍然宁死不降。

物质文明靠萝卜，精神文明靠书生，靠着狐狸的萝卜和书生的激情演讲，他们熬过了一天又一天。

终于有一天，将军站上城墙的时候，发现外面已经空无一人。

叛军："你牛逼，你能熬，我们不玩了。"

将军仰天大笑。

城外漫天大雪，遍地皆白。

◈ 十一 ◈

守下一座城池，守不下国运衰亡。城外的世界，终究还是改朝换代了。

刚刚登基的新王听说了这座城池的事，十分感慨，颁下一道圣旨，对守城的军队不但不杀，还要善待，守城的将领论功行赏，加官晋爵。

可是当使者来到城中宣旨的时候，守城的将军却已经不见踪影。桌上只留下一块大印，一道虎符，还有一句诗："人生在世不称意，明朝散发弄扁舟。"

落款，是一个小兽的脚印。

使者追出城去，但见遥远的雪地里，有两个人一只狐慢慢地走着，身影渐渐消失在漫天风雪里。

◈ 十二 ◈

"我这一生，到底还是一事无成。"

"谁说的，你不还收了一只妖吗，嘻嘻。"

"你们不要再秀恩爱了！我心情很差，能不能让我静静。"

"略略略。"

后记
PREFACE

给未来自己的
一封情书

我的前任是个极品

你好：

　　如果说见信如晤，未免显得太客气了些，因为我们很熟，毕竟我们共用一具皮囊和灵魂。

　　可如果开门见山地表白，会不会又显得有些莽撞而滥情，毕竟人们也常说，人终有一天会变成自己曾经讨厌的样子，而所谓有趣的灵魂和好看的皮囊似乎从未在我的身上同时出现过，这样说来，喜欢你可能也只是小概率事件。

开诚布公地讲，我们貌合神离。

在你面前，我不得不承认自己很有心机。我总是要给你布置很多任务，譬如健身、读书、旅行、考证、学一门外语、学一样乐器、赚钱，以便让今天的自己得过且过，偶尔做做不切合实际的白日梦。

而你似乎不是喜欢受我摆布的傀儡。我对你委以重任，抱以重望，你好像哀其不幸，怒其不争；因为我从没有收到你邮寄来的福彩一等奖号码、股市和房价的走势图。

我对你无须知无不言，因为你对我了解得一清二楚，而你却不肯向我剧透关于未来的只言片语，只是远远地张望，守株待兔，这样来看，我们真的不是很熟。

站在时间的彼岸，我望向你的方向，你的轮廓模糊不清，而我回头看向那个曾经的自己呢，却也是面目全非。

那时的我似乎对万物有着天生的敏感纤细好奇，生命从土壤里拔节而起的力量在我眼中毫发毕现，就好像我是万物，万物是我，我爱万物，万物也爱我。吹面的风、角落里的花、山川、河流、星辰、变幻的风、捉摸不定的云，我喜欢它们，青春也像它们，那是诗。是歌，没有平仄，没有韵脚，行云流水，变幻缥缈，诗意充盈。

那时的我，骑着木马就好像可以上天入地，折出的纸船就好像可以跋涉银河，在自己的城堡里可以山呼万岁，哪怕一无所有，也可以清高得理直气壮，没有依托，却偏偏像是有恃无恐，虽然无知，却可以轻盈畅快地穿行其中。

曾经以为那些稍纵即逝青春就像永远过不完的夏天，我不知道它是什么时候呼啦啦拍着翅膀从头顶倏然而过，一去不返的，可是每当我从这种波光潋滟中醒来，更加行色匆匆地去学做大人总觉得过去的时光像是连一点连漪都不见了。两鬓尚未斑白，可艳阳似乎已经不再高照，幸好青春像是块晶莹剔透的琥珀，虽然是凝固的时光，可记录了曾经的鲜活，正是这份沉甸甸的昏黄，给如今灰暗的日子镀上一层亮色。

曾经的我，喜欢诗和远方。如今的我诗未落笔，人也似乎已只是走了很远，可回首才发觉，远方好像又成了那个我们拼命想离开的故乡。

我想青春大概也就是只能远远观望的风景，离开那个时间点，永远只能置身事外地观赏它的美丽。带着现有的经验和心态去重新体验那时的，应该是索然无味，难以入戏。

青春的可怕在于，那时有无数次是以转折处人生际遇的垂青，可往往因为无知而视而不见，成长的可怕在于，明知道有些东西足以改变一生，却只能在狠心放弃，假装那是挥挥衣袖不忍带走的浮云。

和过去的自己分手，诀别，继而渐行渐远。如今的我，总觉得自投罗网到了一个规则和秩序之中。它像是一张很有弹性的网，轻轻地覆盖着你，也不是紧到让你不能呼吸，可你知道它在慢慢地收紧。您心甘情愿地钻进去之后，试着融入，被试炼、被打磨，看着自己被打磨掉的棱角，侥幸自己没被碾碎。

我告诉自己，那些棱角也只是曾经无所谓坚持的东西，于是当它们真的变成尘埃的时候，我就只是轻轻地吹散了。

这种规则和秩序算不上牢笼，但却让人不太好受，当网一点一点收紧的时候，只感到清醒而又无能为力。可能现在的我也渐渐地成为了牢笼的一部分，也像捕食者一样觊觎着那些等着自投罗网的人。

过去我总对自己说，我不要那种一眼就能望到头的生活。可现在才知道，人生哪有一眼就能望到头这么侥幸的事儿。

如今的生活仿佛就是从错的选择中做一个看似对的选择。小时候眼中的年近三十，往往觉得已经可以独当一面，而如今反而觉得自己还是那个逃避长大的孩子。

我很难懂，一些经历究竟是使人变得更坚强，还是生命已经难承其重，这些本应该让你变得坚强的经历却让你反而不堪一击。不知道如今我的困扰在你的眼中已经是风轻云淡，还是依旧是让你萦怀的烦恼。

我不确定你是否喜欢我。

因为这样一个我，从遥远的童年走来，可能来时蹒跚学步，渐渐神采飞扬，鲜衣怒马，一骑绝尘。再后来走走停停，四处张望，徘徊过、踟蹰过、也曾想过后退。可就这样来了，虽然已风尘仆仆，却也像是轻舟已过万重山。虽然满身的疲惫，但也像是对明天枕戈待旦、蓄势而发。

我经历的滂沱可能是你眼中的微不足道，我经历的漫不经心反而是你眼中的弥足珍贵，我身上的鲜花已经凋谢成千疮百孔，可看在你的眼里却像是满身戎装。我把身上的锋芒收敛，尽力把自己打磨成一块温润的玉，可你心心念之的却是那块未经雕琢的顽石。

可我还是想由衷地说，我喜欢你。

唯有我对你充满希冀和向往，才会让当下的自己变成更好的人，而只有此刻的我足够优秀，才能配得上将来那个更好的你。

就是这样一个我，不算走遍千山万水，但也在自己的生命洪荒里留下些许足迹。

从无知无畏走来，到现在有所顾忌地走着，我想吞掉苍白的语言，洗去自以为是的清高，不再把年轻的冲动美化为正义，不不再迷恋空洞的热闹，不再为无意义和不值得透支热情，不再把自卑当作自负的挡箭牌，不再被虚荣和自我感动绑架裹挟，不再把没有代价的叛逆当作个性标榜，不再把无病呻吟当作疼痛炫耀。

而我希望你依旧把曾经在乎的感情视若珍宝，但不再介怀缘聚缘散，不再把不计回报的纯爱看做是轰轰烈烈，不再过分执著于他人的评价，不再把生命中亲朋的馈赠当作理所当然，重新与世界达成和解，不再怨天尤人。

在世俗的烦嚣中有坚定的信奉，看清世情冷暖仍不拒绝真性情的热泪盈眶。

我们约定，只要你想，我想我还是能拼着命地汲取三分热血，借你几分少年意气。

而你愿意接纳我吗，在未来的日子里？

现在的自己

love

love

寄给你
GIVE YOU THE LOVE OF THE WHOLE WORLD
全宇宙的爱

银教授 / 我的前任是个极品 / 房昊 等 著

作者
银教授/我的前任是个极品/房昊 等

选题策划
知音动漫图书·时代坊

封面设计
龙 帆

内文设计
陈 启

特约编辑
胡梦怡

责任发行
周冬梅

出版社
中国致公出版社

总出品
湖北知音动漫有限公司

制作出品
知音动漫图书·时代坊

官方论坛
http://xsbbs.zymk.cn

平台支持

图书在版编目（CIP）数据

寄给你全宇宙的爱 / 银教授等著. -- 北京 : 中国致公出版社, 2019
ISBN 978-7-5145-1436-0

Ⅰ. ①寄… Ⅱ. ①银… Ⅲ. ①书信体小说—小说集—中国—当代 Ⅳ. ①I247.7

中国版本图书馆CIP数据核字(2019)第178581号

出　　版	中国致公出版社	
	（北京市朝阳区八里庄西里100号住邦2000大厦1号楼西区21层）	
出　　品	湖北知音动漫有限公司	
	（武汉市东湖路179号）	
发　　行	中国致公出版社　（010-85869872）	
作品企划	知音动漫图书·时代坊	
责任编辑	周寅庆	
特约编辑	胡梦怡	
封面设计	龙　帆	
内文设计	陈　启	
印　　刷	长沙鸿发印务实业有限公司	
版　　次	2019年10月第1版	
印　　次	2019年10月第1次印刷	
开　　本	889mm×1260mm　1/32	
印　　张	7.25	
字　　数	195千字	
书　　号	ISBN 978-7-5145-1436-0	
定　　价	38.00元	

（版权所有，盗版必究，举报电话：027-68890818）

（如发现印装质量问题，请寄本公司调换，电话：027-68890818）